수
치

수치

전수찬 장편소설

창비

차례

동남아시아인들의 거리

기차가 터널로 들어가자 차창 밖이 다시 어두웠다. 나는 커튼을 열어 어둠을 바라보았다. 차창 안 깊고 어두운 곳에는 내가 들어가 있었다. 나는 그를 향해 물었다. 어디로 가고 있는가, 넌?

빛이 들어오면 커튼을 닫고 눈을 감았다. 나는 빛이 싫었다. 기차가 다시 터널로 들어가면 창밖 어둠을 내다보았다. 그리고 그곳에 평소의 악습대로 친구의 모습을 드리워보곤 했다. 더위에 지친 개는 혀를 할딱거린다. 개를 안고 달리다 골목 모퉁이에서 마주친 친구는, 마주친 것이 나라는 데 안도하다 이내 불안한 눈빛으로 묻는다. 자네만은 날 탓하지 않겠지. 그렇지?

그와 내가 살던 B시 외곽, 동남아시아인들이 모여 살던 그 거리에는 한산한 낮에는 개들이 차도까지 어슬렁거렸다. 동남아시아인들은 주로 옆 동네의 철공소와 공업사로 나가 철판이나 스테인리스 판을 가공했고, 플라스틱 사출공장에 나가기도 했다. 저녁에 그 거리는 다른 거리보다 밝았다. 퇴근해 돌아온 사람들은 태국식당 앞이나 국제전화카드를 파는 수입 식료품점 앞에 삼삼오오 모여 밤이 이슥하도록 이야기를 나누었다.

그곳은 이방인들의 거리였고 우리는 그곳에서도 이방인이었다. 우리는 그 거리 안쪽, 동백이 개를 안고 달렸던 그 골목에 살았다. 개를 훔쳤던 그날 이후로 동백은 그 거리에서 이름난 웃음거리가 되었다. 그가 훔친 개는 그곳에서 맏형 노릇을 하던 태국식당 주인의 것이었고, 그 무더웠던 오후에 개장수가 가게 앞에서 더위를 식히는 동안 그는 개장수의 철제 우리에서 자기 개를 발견했다. 그는 개장수를 다그쳐 범인을 알아냈고, 즉시 동백에게로 가 멱살을 잡고 자기 식당 앞까지 끌고 와 거리가 떠들썩하게 소리쳤다.

"도둑놈! 경찰서로 가자!"

그는 동백과 나를 알고 있었다. 함께 따라간 내가 대신 나서서 사과하자, 내가 알아들을 수 없는 말로 불같이 화를 냈다. 그리고 방향을 바꾸어 동백을 식당 안으로 끌고 들어가서는 오후 내내 안쪽 마당에 붙들어두었다.

저녁이 되어 태국식당 주인은 거리로 돌아오는 동료들을 불러 모아 동백의 처리를 상의했다. 그동안 동백은 그들 앞에 무릎을 꿇고 앉아 있었다. 방침을 정한 태국식당 주인은 동백 앞으로 나서서 천둥처럼 꾸짖더니, 곧바로 돌아서서 동료들에게 호탕한 웃음을 터뜨렸다. 그것이 처벌이었고 그 처벌은 밤늦도록 이어졌다.

　저녁이면 늘 그랬듯 식당 앞으로 사람들이 하나둘 모여들었다. 태국식당 주인은 손님을 대접하듯 동료들에게 동백의 곁에 설 자리를 내어주곤 했다. 사람들은 동백을 빙 둘러싸고 서서 평소처럼 사사로운 이야기를 주고받다가 웃음을 터뜨렸고, 누군가 나서서 동백에게 호통을 치거나 조롱하면 거기에 동조하기도 했다. 식당 앞은 가벼운 흥분으로 들떠 있었다. 그들은 그 이상 모질게 대하지 않았고 쉽게 놓아주지도 않았다. 뒤늦게 합세한 사람들 중에는 동백 앞에 쪼그리고 앉아 얼굴을 빤히 들여다보는 것으로 조롱을 표하는 자도 있었다. 그 작은 잔치는, 밤이 깊어 태국식당 주인이 데리고 나온 개에게 동백이 머리를 숙여 사과하는 것으로 끝이 났다.

　그보다 한달쯤 전, 동백이 느닷없이 식구들을 다시 찾겠다고 나선 것이 모든 일의 시작이었다. 우리 사이에서 식구 얘기는 꺼리던 것이었고, 그리하여 그가 그 말을 꺼냈을 때 우리는 무망한 일이라는 충고는 할 수 없었다. 동백은 영남에게 중국으로 가달라고 부탁했다. 그 자신은 그런 일에 무능하다는 것이었다. 초여름에 영남은 중국으로 떠났고, 그 보름 동안 동백은 부끄러운 일을 숨긴 어린아이처럼 날마다 얼굴이 붉게 물들어 있었다. 얼굴과 팔이 새카맣게 탔을 뿐, 영남은 소식 하나 구하지 못한 채 돌아왔다. 영남과 내가 예상했던 바 그대로였다. 그 시도의 의미는 동백 그 자신에게 있는 것이었다. 며칠 뒤에 나는 그가 거리에서 개를 훔치는 걸 목격했다.

　거리에서는 웃음거리가 되었지만, 동백 자신은 홀가분하다는 듯 오히려 얼굴에 활기를 띠고 돌아다녔다. 휴일이 되면 시내로 외출을 나가자고 무작정 나를 끌었다. 그는 영남보다 나를 따랐다. 그와 나 모두 몽골사막을 건넜기 때문이었다. 그런 의미로 우리는 동향이었다. 그는 나보다 이년 앞서 그곳을 건넜고, 전기철조망 하나를 사이에 두고 식구들이 모두 공안에 잡혀가는 걸 눈앞에서 지켜보았다. 동남아시아인들의 거리에 살던 우리 셋은 모두, 살아남았다는 수치심을 안고 있었다. 셋 가운데 가장 먼저 온 영남은 몇해 동안 식구들을 찾다가 그뒤로 식구들 얘기는 꺼내지 않았다. 나는 몽골사막에서 아내를 버렸다. 어린 강주를 살리기 위해, 탈진한 아내를 나무 아래에 두고 돌아섰다.

휴일에 동백과 나는 시내 곳곳을 돌아다녔다. 정한 목적도 없이 걷다가 피곤하면 아무 데나 주저앉아 쉬었다. 장마 뒤라 늘 더웠다. 그늘진 골목을 찾으면 들어가 연료가 다 된 기계처럼 담에 기대어 졸았다. 그와 나는 밤에 잠을 제대로 자지 못했다. 골목에서 함께 졸다 일어나면, 어린아이로 돌아간 것처럼 서로 창피한 이야기까지 늘어놓았다. 우리는 골목을 좋아했다. 그곳에서는 이상하게도 아무것도 창피하지 않았다.

한주가 지날 때마다, 돌아오는 길에 해가 조금씩 일찍 기울었다. 동남아시아인들의 거리 담벼락에 우리의 그림자가 길게 드리우곤 했다. 가을로 접어들 때였다. 그날도 우리는 담벼락에 드리운 그림자와 나란히 걷고 있었다. 그가 문득 물었다.

"자네, 강주가 없었다면 어땠겠나? 살아갈 수 있었겠나?"

나는 대답할 수 없었다. 지나가는 말투를 가장했지만, 그 질문에 갇힌 것은 그 역시 마찬가지였다. 그것은 평소에 내가 스스로 던지던 질문이었다. 강주가 아니라면 나는 살아갈 이유를 갖고 있는가? 우리는 한동안 무안을 당한 사람들처럼 얼굴을 붉히고 걸었다. 그 물음은 결국 그가 내게 남긴 마지막 말이 되었다. 다음 휴일이 돌아와 외출을 나가기 전, 그는 방에서 목을 맸다.

궁금함에 들뜬 젊은 경찰은 내가 그의 친구라는 사실도 잊은 모양이었다.

"노란 물감을 뒤집어썼단 말이죠."

그는 동백을 덮은 시트를 걷고는 호기심 어린 눈초리로 나를 쳐다보았다.

"선배들이 그러던데, 이런 건 세상에 항의하고 싶은 사람이 하는 거라고……"

동백은 참외처럼 노랗게 물들어 있었다. 물감인지 페인트인지, 정수리에서부터 노란 것이 눈을 감은 얼굴과 빗장뼈를 타고 가슴까지 흘러내려와 있었다. 젊은 경찰은 내게서 궁금증을 풀 실마리를 기대했다. 나는 냉담하게 그를 무시했다. 그제야 그는 내가 죽은 자의 친구라는 걸 새삼스레 기억해냈다는 듯 물러나, 내가 동백과 대면할 시간을 내주었다.

그곳에 가지 않았던 영남도 노란 물감에 대해서는 나와 의견이 같았다. 내 말을 들은 그는 오래 생각하지 않고 말했다.

"마지막까지 수치스럽고 싶었던 거지."

그것은 나의 생각이기도 했다. 다른 이들이 그것을 이해할 수는 없었다. 갓 스무살 넘은 젊은 경찰이 이해하기는 더욱 어려웠다. 한동안 나는 노랗게 물든 동백을 내려다보았고, 곧바로 그의 죽음을 받아들였다. 나는 아무것도 부인하지 않았다. 그런 나를 두고 영남은 아내의 죽음에서 벗어나지 못한 내가 다른 이의 죽음까지 쉽게 받아들이는 것이라고 핀잔을 주었다. 그 말은 옳았다. 휴일마다 시내를 돌아다니는 동안 동백과 나는 늘 죽음 가까이 있었다. 우리에게는 산 자들보다 죽은 자들이 가까웠다. 그는 우리가 가깝게 여기던 경계를 넘어간 것이었다.

나는 젊은 경찰의 호기심을 채워주지 못한 채, 다만 그가 내민 서류에 시신이 남한에는 연고가 없는 탈북자 한동백임을 증명한다고 서명했다.

문상객이라고는 없는 장례식에서 강주는 동백의 영정사진 앞을 지날 때마다 그의 얼굴을 물끄러미 들여다보곤 했다. 아이는 뭔가 납득해보려 했다. 하지만 납득할 수 없는 듯했다.

사막의 나무 아래에 아내를 뉘었을 때, 나는 아이에게 아무 설명도 하지 않았다. 작별할 시간도 주지 않았다. 돌아서자마자 나는 아이를 업고 뛰었다. 뒤에서 무슨 소리가 날까 두려웠다. 아이는 내내 등에서 울었고, 내게는 차라리 그 소리가 듣기 좋았다.

아이는 늘 나를 원망했다. 나는 아이가 나를 이해하기를 바라지 않았다. 우리가 자신을 이해하는 순간, 우리는 삶을 견딜 수 없을 것이다.

"아저씨는 왜 자살했어요?"

장례식 첫날 밤이 이슥해서야 아이가 내게 물었다.

"아저씨는 고단했다. 식구들과 헤어지고 나서 소식 한번 들은 적 없었어. 오랫동안 힘들었다. 이제 좀 편안해지고 싶어했어."

아이가 납득하지 못한 것은 동백이 아니라 '우리'였다. 아이는 나를 원망하듯 쳐다보았다.

"아버지, 우리는 다 이렇게 죽는 거예요?"

나는 우리가 모두 그렇게 죽는다고 생각하지 않았다.

한달 뒤 영남은 동남아시아인들의 거리를 떠나 강원도로 이주 했다. 떠나기 전날밤 그는 동백이 개를 안고 달리다 나와 마주쳤던 그 골목 모퉁이로 나를 불러냈다.

"새 출발이라는 말이 우리에게 죄책감을 불러일으켜서는 안되 겠지. 죽은 자는 죽은 자의 몫이 있고 산 자는 산 자의 몫이 있는 법 이니까. 동백이도 우리가 다시 출발하길 바랄 걸세. 오히려 난 완전 히 자립할 생각이네. 밭을 갈고 닭을 치면서 땀을 흘릴 거야. 그게 내가 그 친구에게 보답하는 길이라고 믿네."

하지만 '새 출발'이라는 말은 역시 우리에게 미미한 죄책감을 남 겼다. 늦가을이었다. 영남이 그 골목에 하나뿐인 가로등 불빛을 향 해 길게 담배연기를 내뱉으면, 그 아래에서 나는 발끝으로 내 그림 자의 테두리를 따라 그리곤 했다.

"요즘 잠은 좀 자나?"

그가 물었다. 나는 대답하지 않았다.

"그 얘기는 하고 떠나야 속이 편할 것 같아서 불렀네. 혹시 자네, 동백이 일을 자책하고 있는 건 아닌가?"

"아니네."

"동백이는 자기 나름의 선택을 한 거네. 다른 사람이 책임질 수 있는 일이 아니지. 나도 괴롭네. 우린 다 괴로웠지. 하지만 우리는 살아 있다는 걸 미안해해서는 안돼. 살기로 한 사람은 살아야 하네. 낮엔 일하고 밤엔 자야지."

"자책하지 않는대도."

"그럼 왜 요즘도 잠을 못 자는 건가? 자네 안사람 때문인가?"

나는 대답하지 않았다.

"동백이 일을 자책하는 게 아니라니 다행이군. 하지만 이봐, 자넨 자네 안사람 일에서도 벗어나야 돼. 자넨 나나 동백이하고는 처지가 다르잖아."

그는 그림자를 따라 그리는 내 발끝을 내려다보았다.

"강주를 두고 그렇게 살아서는 안되네. 자네 안사람도 자네가 지금처럼 살길 바라진 않을 걸세."

나는 고개를 들어 물었다.

"자네 식구들 소식은 없나?"

그는 고개를 들어 다시 가로등 불빛을 향해 길게 담배연기를 내뱉었다. 불빛 탓인지 그때 그의 얼굴이 홍시처럼 붉게 물들어 있었다.

"죽었겠지. 그렇게 생각한 지 오래네."

그는 다음 날 강원도로 떠났다. 한동안 그는 그곳에서 '자급자족 경제' 실현에 열을 올렸고, 가끔 들뜬 목소리로 소식을 전하기도 했다. 그가 이주한 곳은 강원도의 산골마을이었고, 전하는 바로는 조용하고 풍광이 좋아 살기에 그만이라는 것이었다. 그래서인지 외딴곳에 혼자 사는 처지이면서도 늘 나를 염려했다. 말하지 않았지만, 그가 염려하는 것은 내가 아내나 동백의 뒤를 따르지 않을까 하는 것이었다.

나는 죽음을 떠올리지 않았다. 동백이 간 뒤에 더욱 삶이 황폐하게 보이고 무의미했던 것은 사실이었다. 나는 여전히 잠을 제대로 자지 못했고, 낮에 작업을 하다가 무심코 졸아 놀라서 깨어날 때도 있었다. 불면에서 벗어나고자 하지 않았다. 밤에는 텔레비전이 백색 화면에 이를 때까지 여러 상상에 빠져 있곤 했다. 그것이 내 유일한 유희이자 쾌락이었고, 옹졸한 자유였다. 심지어 낮에도 그 달콤한 상상에 빠질 수 있는 밤 시간을 그리워하기도 했다.

그 상상 속에서 나는 강주와 늘 어딘가에 새로이 도달했다. 그곳은 나라의 이름이나 지명도 없고, 언어나 인종도 달랐다. 그곳은 그저 '어딘가'에 불과했다. 하지만 나는 날마다 그곳이 그리웠다. 밤이면 그곳으로 떠나 여러 일들을 겪었다. 그 달콤한 쾌락에 물들어 있다 눈을 뜨면 창밖이 어느새 훤히 밝아 있었다.

그 상상은 그때 처음 해본 것이 아니었다. 그곳에 처음 닿은 것은 사막에 아내를 두고 반년 동안 동남아시아를 떠돌다 남조선으로 들어가던 비행기에서였다. 그날 아침, 나는 결국 남조선에 가려 했음에도, 탑승을 거부하고 있는 나 자신을 느꼈다. 비행 내내 잠들려고 애썼다. 잠들지 못하면 눈을 감고 있었다. 강주도 마찬가지였다. 우리는 비행 내내 아무 말도 하지 않았다.

눈을 감은 채 이름도 국경도 없고 굳이 말하자면 사람이 살고 있을 뿐인 어느 곳을 상상했다. 비행기가 그런 곳으로 향하기를 바랐다. 그곳에는 안식이 없어서, 그곳에서 무언가 얻으려 했다는 자책감이 들지 않았다. 강주와 나는 안식이 두려웠다. 우리는 어딘가로 가서 무언가를 누리고 싶지 않았다.

하지만 내가 가고 있는 곳은 남조선이라는 구체적인 곳이었다. 더욱이 나는 배가 고파 그곳에 구원을 요청한 처지였다. 무엇을 얻는 정도가 아니라 배부르기 위해 애써야 내 처지는 정당했다.

동남아시아인들의 거리에 살던 셋은 삶에서 많은 것을 바라지 않았기에 목표란 것도 갖지 않았다. 자급자족을 실현하겠다는 것은, 소박하나마 우리 사이에서 삶의 목표라고 언급한 것으로는 처음이었다. 겉으로는 나를 염려했지만, 괴롭기는 영남 자신도 마찬가지였다. 동백이 간 뒤에도 삶을 이어가기 위해서는 그 또한 자신을 일으킬 무언가가 필요했을 것이다.

봄에는 영남이 살고 있는 동계올림픽을 유치한 도시 변두리에서 한국전쟁 당시의 민간인 유골이 다량 출토되었다는 소식으로 전국이 떠들썩했다. 유골은 올림픽 선수촌 아파트 토목공사 중에 굴삭기 삽에 하나 가득 담겨 세상으로 떠올랐고, 그 참사의 원인을 두고 다시 전국이 시끄러웠다. 정부가 한국전쟁 유골을 조사하는 국방부 산하 조사단에 사건의 원인과 유골의 신원조사를 맡기자, 그동안 세간의 이목은 그 결과를 주목했다.

한달쯤 뒤, 정부 조사단은 참사의 원인을 한국전쟁 당시 연합군에 쫓겨 후퇴하던 인민군의 학살로 규정하고 공식 발표했다. 하지만 뒤이어 민간학회의 교수들이 정부의 근거를 반박하는 성명을 발표했다. 정부에서 증거로 제출한 인민군 소총의 탄피만으로는 학살의 원인을 규명할 수 없다는 것이었다. 뒤이어 한 재야학자가 유골이 출토된 지역에 사는 한 할머니의 증언을 내세워 그 주장에 합세했다. 전쟁에서 남편과 아들을 잃었다는 구순의 할머니는 미군의 학살이었음을 증언했다. 전쟁 말기에 북진하던 미군이 그 마을을 인민군의 주요 근거지로 규정하여 부역자들을 처벌했고, 그 과정에서 자신의 남편과 아들도 잃었다는 것이었다. 다시 정부 조사단에서는 할머니가 다른 지역에서 일어난 사건을 착각한 것이라고 반박했고, 세간의 이목을 끌던 할머니는 그뒤로 건강을 문제 삼아 외부와 일절 접촉을 끊고 밖으로 나서지 않았다. 결국 정부 조사단의 발표가 그 참사 원인의 공식적인 견해가 되었고 잠시 중단했던 선수촌 아파트 공사도 재개했지만, 사람들이 정부의 발표를 전적으로 믿는 것 같지는 않았다.

뉴스에서는 유골의 모습을 내보낼 때 화면을 뿌옇게 처리하곤 했다. 나는 동계올림픽에 대해서는 전혀 몰랐고, 영남이 이주한 곳이 올림픽을 유치한 도시라는 것도 그 사건으로 처음 알았다. 그즈음 병원에서 처방받은 수면유도제의 효과로 얼마간 불면에서 벗어났지만, 유골을 본 뒤로 나는 다시 잠을 제대로 이루지 못했다. 유골은 죽음을 보여주었다. 사막에서 그런 모습으로 뒹굴며, 우리의 뒤를 이어 그 길에 오른 자들에게 참담한 공포를 심어주고 있을 아내가 떠올랐다.

새벽에 옅게 든 잠 속에서 낯선 이들을 만나곤 했다. 옷차림과 인상은 고향 사람들과 비슷했지만 그들은 자신들을 전쟁 때의 희생자라고 말했다. 흰 치마저고리를 입은 산골 노파는 주름 가득한 얼굴에 불편한 심기를 그대로 담아, 어두운 곳을 서성거리다 고개를 돌려 나를 노려보곤 했다. 사람들은 화가 나 있었다. 옷에 황토가 덕지덕지 묻은 중년남자는 시름 가득한 얼굴로 앉아 있었는데, 할 말이 있지만 꾹 참고 있는 듯했다. 나는 그들이 무서웠다. 잠에서 깨면 실제로 그들과 만났다는, 죽음에 근접했다는 느낌이 서늘하게 남곤 했다.

어느날 뉴스에서 이른바 '진실'을 요구하는 사람들이 선수촌 아파트 공사현장 앞에 진을 치고 정부에 재조사를 요구하는 시위를 시작했다고 보도했다. 곧 한 일간지에서 그들을 불순한 세력으로 규정하며 미군의 소행이기를 '기대하는' 사람들이라고 표현한 것이 그 사람들뿐 아니라 다른 사람들에게까지 반발을 불러일으켰고, 그뒤로 소수였던 시위대에 합류하는 사람들은 나날이 늘어나는 모양이었다. 시위대가 등장한 뒤로 뉴스에서는 그 도시 인터체인지 위에 '동계올림픽의 도시에 오신 것을 환영합니다!'라고 크게 쓴 무지갯빛 네온사인 구조물을 자주 내보내곤 했다. 그것은 내가 보기에도 육십여년 전 사건의 진실로 향한 세간의 시선을 눈앞의 현실, 동계올림픽이라는 국사(國事)쪽으로 돌리려는 뜻 같았다. 그뿐 아니라 그 이면에는 둘의 이득을 저울질해보자는 뜻 또한 숨어 있는 듯했는데, 거기에서 불쾌감을 느끼는 것이 꼭 내 피해의식 때문만은 아니었을 것이다. 뉴스에서는 시위를 보도할 때마다 인터체인지의 구조물을 함께 내보내듯 선수촌 공사현장 모습도 곧잘 함께 내보냈는데, 그 또한 같은 의도인 듯했다. 뉴스에서 짐칸에 골재를 가득 싣고 육중한 소음을 내며 현장을 향해 오르는 덤프트럭을 볼 때마다, 나는 그들이 사막에 내버려진 한사람의 죽음쯤은 하찮게 여길 것이라는 두려운 기분에 사로잡히곤 했다.

그 지역의 일을 가끔 재미 삼아 전하던 영남은 시위대가 등장해 나날이 숫자가 늘자 어린아이처럼 들뜬 목소리로 그 일을 이야기하곤 했다.

"어젠 재미난 일이 있었네. 무당 하나가 시위대 앞에서 굿을 하겠다고 나섰단 말이야. 근데 그 꼴이 어땠는지 아나? 속을 다 비워낸 수돼지 껍데기를 통째로 뒤집어쓰고 왔단 말일세, 하하! 사람들이 기겁해서 도망가고 무당은 그 꼴 그대로 굿을 하겠다고 나섰지! 시위대 때문에 나와 있던 경찰들도 그걸 막아야 할지 말아야 할지 몰라서 허둥거리더군. 아니, 내가 보기엔 그냥 무서워서 허둥거리는 것 같더구먼. 결국 경찰이 막고 나섰지. 나중에 보니 경찰 제복에도 돼지 피가 잔뜩 묻었더구먼! 수돼지 한마리가 전투경찰 한 소대를 상대하고 있는 꼴이었다니까! 결국 쫓겨난 건 무당이었는데, 무당이 물러서면서 눈을 부릅뜨고 한마디 하더군. 이대로는 한을 품은 혼령들이 가만히 있지 않을 거라고, 제사부터 지내지 않으면 올림픽이고 뭐고 이 나라에 망조가 들 거라고 말이야. 그 눈매가 아주 매서웠네. 그때 구경하던 사람들 표정이 어땠는지 아나? 그런 무당 얘기쯤은 콧방귀나 뀌고 있을 줄 알았는데 심각한 얼굴로 아주 귀를 기울이고 있더란 말이지. 자넨 잘 모를 걸세. 그게 돼지 껍데기 때문은 아니네. 여기 사람들이 그만큼 동계올림픽에 대한 기대가 크다는 말이지. 자넨 잘 모르겠지만 이 지역에서 동계올림픽은 뒤처진 지역경제를 살릴 구세주나 다름없어. 동계올림픽을 도약의 발판으로 삼고 있지. 그런데 난데없이 육십년 전 전쟁 유골이 가로막고 나선 거란 말이야. 어쨌든 어젠 그 꼴이었네. 초현대판 건설공사와 원시 굿판의 한판 대결이었단 말일세!"

영남 또한 유골에서 동백이나 자신의 잃어버린 식구들의 환영을 보았을 테지만, '새 생활'을 시작한 자의 호기로움으로 그런 기색은 드러내지 않았다. 그뿐 아니라 어느 때부턴가 사람들 사이에서 남조선 사람들 사이의 갈등에 대해서도 상세히 들었던 모양으로, 어느날 한밤중에 전화를 걸어서는 비밀을 털어놓듯 말했다.

"며칠 전엔 말이야, 시위를 하던 여대생 하나가 혼자 대열에서 뛰쳐나가 '억울한 넋들이 울고 있다!' 하고 소리를 지르다가 경찰의 방패에 부딪혀 머리가 찢어졌네. 그때 내가 옆에 있었는데, 보는 나도 참 느닷없더군. 한이라도 맺힌 것처럼 흥분해서 뛰어나갔단 말이지. 나야 그저 느닷없다고 생각했는데, 아는 사람 얘길 들으니 그게 다 이유가 있는 거라더군. 그 사람 말로는, 시위에 참가한 사람들은 학살의 진실도 진실이지만 애초부터 이 정부에 뿌리 깊은 불신을 갖고 있다는 거야. 그것 때문에 감정적이라는 거지. 정부에 대한 사람들의 불신은 역사적인 뿌리가 있다는 거네. 해방 이후부터 집권했던 세력들이 반공을 국시로 삼은 뒤에 역사적 사실을 자기네 쪽에 유리하게 왜곡했다는 거지. 그렇게 생각하면 시위대에게 유골 사건은 단순히 전쟁 희생자들의 명예회복 문제만은 아닐지도 모르네.”

나는 새벽에 희생자들의 환영을 보곤 할 뿐, 학살의 진실이나 남조선 사람들 간의 갈등에는 관심이 없었다.

여름에 접어들어 나는 직장에서 해고되었다.

“황천 보내기 싫어서 자르는 거야. 잠이나 제대로 잘 수 있을 때 다시 와.”

굳이 불면 때문이 아니더라도 해고하자면 사유는 충분했을 것이다. 나는 성실하지 않았고, 일에서 나아지려고 애쓰지도 않았다. 굳이 불면을 강조한 것은 평소 내 처지를 딱하게 여기던 소장이라 해고 통보가 괴로웠기 때문이었다.

아침에 일어나면 집을 나서서 오래전 동백과 그랬던 것처럼 목적 없이 시내를 돌아다녔다. 잠을 제대로 자지 못하면 다른 직장도 구할 수 없었지만, 불면에서 벗어나야겠다는 마음은 없었다. 낮에 시내를 돌아다니다 동백과 같이 들어가곤 했던 그 골목에서 예전처럼 즐거나 북에서 살던 때를 회상했다.

영남이나 강주에게 해고된 사실을 말하지 않았다. 그런 처지를 모르는 영남은 그즈음 유난히 전화에서 꽃구경 운운하며 놀러 오라고 부추기곤 했다. 봄부터 줄곧 해오던 말이기는 했다.

"난 말일세, 사람은 강이나 산이나 꽃과 같이 살아야 한다는 걸 요즘 실감하네. 이런 생각도 들더군. 유골을 두고 일어나는 갈등이란 것도 자연이 없는 땅에서 살아야 하는 사람들의 각박한 마음에서 나온 게 아닐까 하고 말이야. 꼭 한번 오게. 자넨 도대체 그 외국인들 동네가 지겹지도 않은가? 강주를 생각해서라도 한번 와. 개처럼 어릴 때 마음을 다친 아이는 이런 데서 지내야 하네."

시내를 돌아다니며 하루를 보내는 일도 사실 벅찼다. 집으로 돌아갈 때는 담벼락에 드리운 내 그림자 앞에 멈춰서곤 했다. 밤에 낯선 땅에 다다르는 상상에 빠졌고, 낮에 시내 골목에서 모자란 잠을 보충했다. 동백이 그리웠고 아내가 그리웠다. 어떤 날은 아내보다 아내가 있을 그곳이 더 그리웠다. 강주마저 저버릴 수 있다는 생각이 든 날도 있었다.

결국 영남에게는 해고 사실을 알렸다. 그동안 잠은 걱정 말라는 투로 염려를 무마했던 터라, 그는 해고보다는 내 불면 소식이 더 섭섭한 모양이었다.

"그러고도 살아 있다는 게 용하군. 잠을 자지 않고도 살 수 있는 비법이 대체 뭔가? 내가 그렇게 일렀잖나. 병원에 가든 어떻게 해서든 잠부터 자야 한다고. 한심하군. 이봐, 자넨 그 동네부터 떠나야 하네. 거기에 있어봐야 자네 안사람하고 동백이 생각밖에 더 하겠나? 잘됐어. 여러 소리 말고 이번 기회에 강주 데리고 며칠 왔다 가게. 시간이야 이제 남아돌 테니까."

봄부터 줄곧 흘려들었던 그의 권유가 그때는 솔깃했다. 그의 말대로 며칠이나마 살던 곳을 떠나고 싶었다. 그 이야기를 강주에게 꺼냈더니, 애초에 사춘기 아이가 어른 둘과 같이 지내는 여행을 반길 리 만무하긴 했어도, 들은 척도 하려 들지 않았다.

여행 이야기를 꺼내며 실직 사실도 함께 말했다. 아이는 그저 무덤덤한 얼굴이었다. 너무 태평해서, 조심스럽게 말을 꺼낸 내가 도리어 섭섭할 정도였다. 그저 무관심한 것이었다. 사춘기 이후로 아이는 어떻게 해서든 내게서 멀어지려 했다.

결국 혼자 떠나야 했다. 그런데 며칠 뒤에 아이가 느닷없이 다시여행 얘기를 꺼내며, 친구 치수와 같이 가도 된다면 따라가겠다고나섰다. 치수는 새 학년 들어, 남조선에 들어온 뒤 강주가 처음으로사귀다시피 한 남자아이였는데, 강주가 여행 얘기를 꺼내자 오히려 나서서 자기와 같이 가자고 설득했다는 것이었다. 나야 거절할이유가 없었고, 덕분에 그 일은 뜻밖에 무난했다.

아이들의 방학이 시작되는 날 떠날 참이었다. 떠나기 일주일쯤전, 한동안 연락이 뜸하던 영남이 밤늦게 전화를 걸어와 느닷없이침울한 목소리를 늘어놓았다. 유골에 대한 이야기였다.

"자네 이 유골 사건을 어떻게 생각하나?"

마치 처음 그 이야기를 꺼내는 듯했다.

"유골 사건을 어떻게 생각하느냐니, 갑자기 무슨 말인가?"

"자네도 이번 유골 사건을 남조선 사람들처럼 진실 싸움으로 보고 있는 건 아닌가 해서 말이야."

"진실 싸움? 인민군이 죽였느냐 미군이 죽였느냐 하는 거 말인가?"

"응, 그 말이네."

"내가 그런 데 관심 가질 처진가? 제 코가 석자인 놈이."

"그렇지. 우린 그렇지……"

그는 한동안 말이 없었다. 수화기에서는 그가 담배연기를 내뿜는 소리만 들려왔다.

"왜, 무슨 일이라도 있나?"

내가 물었다. 그는 천천히 말을 꺼냈다.

"자네 혹시 연극해본 일 있나?"

"연극? 연극이라니?"

"실은 지금 여기서 연극 한편을 무대에 올리려는 사람이 있어. 그 사람이 나더러 같이 해보자고 해서 말이야."

"연극이라니, 갑자기 무슨 소린가?"

그는 잠자코 있다가 말했다.

"좀 독특한 연극이네. 그 사람은 참회연극이라고 부르더군."

"참회연극은 또 뭔가?"

"참회를 목적으로 하는 연극이지. 보통 연극하고는 좀 달라. 예전에 천주교 신부였다는 사람인데, 신부를 그만두고 그런 연극을 시작했다더군."

"무슨 소린지 통 모르겠네."

"응, 그렇겠지. 자네 혹시 일본군 위안부들 아나?"

"알지."

"그 할머니들을 위한 연극이 처음이었다더군. 거기서는 일본군 장교를 주인공으로 내세워서 전쟁 때 일을 회상하고 고백하게 하면서 결국 참회하게 했다지. 호응이 좋았다더군. 그게 바로 참회연극이네. 어려운 얘긴 아니지. 참회를 목적으로 하는 연극이다, 그뿐이네. 그뒤로 전국을 돌면서 그런 연극을 몇편 만들었다더군. 우리보다 젊은 사람인데, 보기에 진실한 사람 같네. 그러니까 그런 연극을 하겠지. 그 사람이 일주일쯤 전에 여길 왔는데, 이번 유골 사건을 연극으로 만들고 싶다고 한 거야. 여기서 한다면 인민군 장교를 주인공으로 내세워서 그때 일을 회고하고 죄를 고백하게 하는 형식이 되겠지. 그걸 나더러 같이 하자는 거네."

그의 말은 내가 이해할 수 있는 것이 아니었다.

"도대체 무슨 소린가? 연극이야 그런 게 있다고 치고 왜 자네가 하나? 자네가 연극에 취미가 있었나?"

"아니, 아니야. 연극에 뜻이 있는 게 아니네. 나도 참회하고 싶어서 그러는 거네."

"참회?"

"응, 그 얘길 하려고 이렇게 자네한테 전화를 건 거야. 이런 얘기할 사람이 자네 말고 누가 있겠나."

"난 무슨 얘긴지 통 모르겠군."

그는 잠시 침묵하더니 물었다.

"자네 아직 잠을 잘 못 자나?"

"자네 얘기나 하게."

그는 다시 잠시 침묵했다.

"그동안 자네 걱정을 했지만 나라고 해서 마음 편히 발 뻗고 잤던 건 아니네. 사실 나도 괴로웠네. 동백이가 간 뒤에는 새 출발을 해야겠다 싶었지. 그래도 괴로운 마음은 어쩔 수가 없더군. 여기 와서 내 식구들 생각을 많이 했네. 산골에 혼자 있으니 외롭기도 했지. 그래서 자네더러 놀러 오라고 다그쳤던 거야. 어쩌겠나? 어떻게든 살아야지. 그런데 며칠 전에 그 연출자가 찾아와서 그 참회연극이라는 말을 꺼내더군. 처음엔 나도 낯설었네. 그러다 불현듯 깨달았지. 그동안 내가 바랐던 게 바로 그 참회라는 걸 말이네. 그 사람이야 천주교 신자니까 참회라는 이름으로 부르는 거지. 내가 하려는 말이 무엇인지는 자네도 알잖아? 우린 다 그걸 바랐던 거 아닌가? 동백이도 결국 자살로 참회하려 했던 게 아닌가 말이야. 나도 참회하고 싶었네. 그 마음을 그 순간에 절실히 깨달았던 거지. 그래서 그 자리에서 같이 연극을 해보겠다고 했네."

"무슨 소릴 하는 건가? 연극 얘기 아니었나? 왜 자네가 실제로 참회를 한다는 거야?"

"물론 참회는 극 중의 인민군 장교가 하네. 난 연극을 내 삶의 계기로 삼아보고 싶은 거야. 이렇게 말하면 자네가 어떻게 생각할지 모르겠지만, 사실 난 고백하고 싶네. 식구들이 죽었을지도 모르는데 혼자 살고 있다고 사람들 앞에서 털어놓고 싶네. 물론 연극에서 하는 대사는 그게 아니지. 학살을 참회하는 말이 되겠지. 감독과 얘기하는 중이네만 그 인민군 장교 역을 내가 맡을까 해. 그 역을 연기하면서 마음속으로 내 과거를 고백하고 참회하고 싶네. 극 중 인물처럼 말이야. 그리고 홀가분해졌으면 좋겠어. 그게 내 마음이네."

이른바 '새 생활'을 시작하겠다고 강원도로 떠난 뒤로 그가 그런 이야기를 꺼낸 것은 처음이었다. 나는 그의 모든 말이 혼란스러웠다.

"연출가라는 사람에게도 그렇게 얘기했나?"

"그 사람에게 말해봐야 무슨 소용인가? 이런 얘기를 할 수 있는 사람은 자네밖에 없네."

"그 사람은 그저 참회연극을 하고 싶은 것뿐인가?"

"그 사람의 뜻은 무고한 희생자들의 넋을 달래겠다는 거네. 그 사람은 이번 사건을 냉소하더군. 정부든 시위대든 다 희생자들의 죽음을 자기네 주장에 이용하고 있다는 거지. 제각기 진실을 주장하지만 자기가 보기에는 정작 가장 명백한 진실은 모두 외면하고 있다는 거네. 그 사람이 말하는 명백한 진실이란 건 무고한 사람들의 죽음이네. 누가 죽었느냐 하는 건 부차적인 문제라는 거지. 후세대에게 남은 건 그 많은 사람들이 무고하게 죽었다는 사실 바로 그자체라는 거네. 그렇기 때문에 같은 인간으로서 학살을 참회하고 억울한 넋을 위로하는 일이 우선이라는 거야. 난 그 말이 옳다고 보네. 내가 자네에게 진실 싸움에 동의하느냐고 물었던 것도 그 때문이네. 우리 같은 사람들이야말로 그런 싸움에 휘말리지 않고 진실을 볼 수 있는 사람 아니겠나?"

"그 싸움에 관여하겠다는 뜻은 아니지?"

"물론 아니지. 내가 왜 거기에 관여한단 말인가? 자네처럼 나도 관심이 없네. 난 참회하려는 것뿐이야. 하지만 연출자는 꽤 고민하더군. 사람들이 자기 뜻을 곧이곧대로 받아들이지 않을지도 모른다고."

"대체 그 연출자란 사람은 어떻게 자넬 알게 된 건가?"

"그건 좀 우습게 됐지. 내가 여기 와서 알고 지내게 된 형님이 하나 있는데, 그 사람이 날 추천한 걸세. 연출가라는 사람도 떠돌이 연출가에 불과하니까 극단이나 소속 배우란 게 있을 리가 없잖아? 전에도 지역 주민들을 모아 연극을 만들었던 모양이야. 그 얘기를 듣고는 내가 아는 그 형님이 나를 추천한 거야. 탈북자가 하나 있는데, 기왕 인민군 역을 맡기려면 아예 실감나게 북한에서 온 사람을 쓰면 어떻겠느냐고 말이야. 연출자도 내가 동의하기만 한다면 좋다고 생각한 거지. 사실 난 자네 생각도 했네. 때마침 자네가 오니까 같이 해볼 수도 있지 않을까 하고 말이야. 물론 자네 의사에 맡기겠네만."

나는 혼란스러운 머리를 정리하고 싶어 다시 이야기하자고 하고는 전화를 끊었다. 그리고 전화를 거는 대신 다음 날 여행 계획을 바꾸었다. 아이들보다 하루 먼저 떠나, 참회연극이라는 그 해괴한

이야기를 자세히 들을 참이었다. 그 이야기는 아이들 앞에서 할 수 있는 것이 아니었다.

강원도로 가는 기차 안에서 다시 영남의 말을 기억해내지는 않았다. 떠오르는 것은 동백이었고, 그와 함께 지냈던 나 자신이었다. 기차가, 한번도 발을 디뎌본 일 없는 땅으로 들어가자 마음이 초조했다. 나는 내내 자신에게 물었다. 너는 어디로 가고 있는가? 돌아가서는 또 어디로 갈 것인가?

강원도의 햇살은 따가웠다. 플랫폼에 내려서자마자 눈이 부셔 나도 모르게 눈을 감았다.

언덕을 오르는 사람들

영남은 역 광장 한쪽, 정자를 품은 넓은 느티나무 아래에서 낯선 모터사이클을 몰고 천천히 다가왔다. 얼굴과 반소매 아래 드러난 팔뚝이 몰라보게 검게 타, 새 생활을 시작한 자다웠다.

"동계올림픽의 도시에 온 걸 환영합니다! 하하하!"

그는 모터사이클에서 내려 내 어깨를 반갑게 두드렸다.

"많이 탔군. 겉으로만 봐서는 이 지역 토박이인 줄 알겠어."

내가 말하자 그는 멋쩍다는 듯 환히 웃었는데, 그 얼굴이 동남아시아인들의 거리에 살던 시절보다 건강해 보였다.

"자넨 공사판에서 일했다는 자가 어째 서생보다 더 핼쑥한가? 오는 데 별문제는 없었나? 강주는 내일 온다고?"

"문제는 무슨. 강주는 내일 점심때쯤 올 거네."

"어쨌든 잘 왔네. 어때, 역시 시골이 좋지?"

그는 뒤를 돌아 역 광장 맞은편을 두른 산을 쳐다보았다. 그 도시의 모습으로는 텔레비전에서 시위 장면만 봐온 터라, 소박하고 한산한 역 광장과 둘레의 산이 유난스레 정겹게 눈에 들어왔다.

"아주 좋아. 자네 말대로 진작 올 걸 그랬네."

"그것 봐. 내 말 들어서 손해날 일은 없는 거야. 난 여기 처음 왔을 때 고향에 온 기분까지 들더군."

"하하하, 어쨌든 잘 지내는 모양이군. 건강해 보여."

나는 검게 탄 그의 팔뚝을 쥐었다.

"자급자족하는 사람 팔이 이래야지, 하얗대서야 말이 안되지. 자네 건강은 어떤가?"

"문제없네. 그나저나 이건 뭔가?"

나는 처음 보는 모터사이클을 가리켰다.

"요즘 나하고 가장 친하게 지내는 친구네. 한달쯤 전에 하나 장만했지. 비싼 건 아니야. 남이 쓰던 걸 그냥 넘겨받다시피 했지."

"자급자족한다더니 이런 것도 사나?"

영남은 모터사이클을 자식 보듯 흐뭇하게 내려다보았다.

"가보면 알겠지만 내가 사는 마을이 아주 외지네. 다른 건 다 괜찮은데 시내로 나올 때가 여간 불편한 게 아니야. 집에서 버스정류장까지 삼십분은 걸어야 하는데, 버스가 하루에 몇대 다니지도 않아. 그래서 혼자 사는 마당에, 사는 의욕도 좀 불러일으켜볼까 해서 큰마음 먹었지. 그래봐야 얼마 안 들었어."

나는 세워놓은 모터사이클의 앞뒤를 구경했다. 비싼 것은 아니라 해도, 그런 물건 자체가 우리 사이에 낯설었다.

"여기 살면서 이런 걸 타고 다니고 있을 줄은 몰랐네. 그래, 탈 만한가?"

"탈 만하다마다. 장담하는데 이거면 전국일주도 할 수 있네. 난 요즘은 아예 이놈 수리하는 기술까지 배우러 다녀."

"수리 기술?"

"자급자족! 그놈의 자급자족이란 게 채소 심고 닭치는 것만으로는 안되더군! 굶어 죽진 않겠는데, 전기세니 뭐니, 적어도 쌀은 사야 하잖아? 그래서 이놈을 판 사람이 수리도 하기에 기술 좀 가르쳐달라고 졸랐지. 해보니 재미나더군. 일주일에 두번씩 다니고 있네."

"허, 자네한테 그런 재주가 있었나? 기계 다루는 건 못 본 것 같은데."

영남은 모터사이클 안장을 툭툭 내려치며 혼자 배시시 웃었다.

"그게 사연이 좀 있네. 사실 혼자 산골마을에 있기엔 좀 적적하잖나. 기술도 배울 겸 바람도 쐴 겸 해서 가는 거야. 여기 와서 사귄 사람이라고는 없는데, 그 모터사이클 가게 주인하고는 그럭저럭 왕래하며 지내네. 마을엔 노인들뿐이라 어울릴 사람도 없어. 사실 모터사이클 가게 주인도 홀아비네. 그 사람도 심심하니까 지나가다가 가끔 막걸리 들고 찾아오는 거지. 내가 지난번에 얘기했잖아. 형님으로 모시는 분이 있다고. 그 사람이네. 시골에 살지만 모터사이클에 대해서는 아주 전문가야. 예전엔, 그 왜, 분식점 배달부가 몰고 다니는 자그마한 거 있잖아? 그걸 타고 전국일주를 했다더군. 그렇게 자유니 뭐니 하며 제멋대로 살다가 마누라가 도망가버렸다지만, 하하하!"

"산골에서 홀아비끼리 아주 제대로 어울렸군."

"초록은 동색이라잖나. 그리고 이 수리 기술 배우게 된 것도 계기가 있었네. 어느날 그 가게에 들렀는데, 그 양반이 이놈 한배 반쯤 되는 큰 걸 분해하고 있더군. 재미있겠다 싶어서 옆에서 지켜봤지. 그랬더니 정말 나사 하나까지 모조리 분해하는 거네. 그 사람은 그게 취미야. 그리고 다시 조립하는 거지. 그러더니 정말 원래 모습 그대로 만들어 부릉부릉 시동을 걸고 보란 듯이 나가는 거야. 나야 곁에서 눈이 동그래져서 지켜보고 있었지. 햐, 입이 딱 벌어지더군! 그래서 그 자리에서 기술을 가르쳐달라고 졸랐지. 그 기술 하나만 배워두면 적어도 이 남조선 땅이 아니라 지구 어딜 가도 굶어 죽진 않겠다 싶어서 말이야. 어쨌든 갈 땐 뒤에 타게. 자네 헬멧까지 준비해뒀네."

그는 뒷자리에 묶어둔 헬멧을 탕탕 소리 내어 내리쳤다.

"운전은 믿을 만한가?"

"허, 그런 소리 말게. 얼마 전엔 이거 타고 혼자 바닷가까지 갔다 왔네. 못 믿겠다면 할 수 없지. 버스정류장은 가르쳐줄 수 있네."

그러고는 웃었는데, 검게 탄 얼굴이라 이가 유독 하얗게 두드러졌다.

"뭐 속는 셈 치고 타지. 버스도 잘 안 다닌다니까……"

역사 안에서 뒤이어 도착한 사람들이 무리 지어 나왔다.

"강주는 어때, 잘 지내나?"

영남은 그쪽을 물끄러미 보다가 물었다.

"별일은 없어. 친구도 생겼고. 같이 온다는 그 녀석 말이야."

"허, 이제 친구 하나 얻었단 말이지?"

"그래도 그게 얼마나 다행인지 모르네. 그 덕분인지는 몰라도, 그뒤로 학교 안 가겠다는 말은 안하니까."

"놀리는 애들은 없다던가?"

"그런 얘긴 없더군."

"새끼들, 그래도 크니까 철은 좀 드나보군."

재작년쯤 반에서 강주를 노골적으로 놀리는 애들이 있었는데, 영남은 강주 얘기를 할 때마다 그때가 떠오르는 모양이었다.

역사를 빠져나온 사람들은 뜨거운 볕을 피해 총총히 걸음을 옮겼다. 영남이 다시 그들을 따라 시선을 옮기다 말했다.

"요즘도 외지에서 사람들이 꽤 와."

"시위한다는 사람들 말인가?"

"응, 한동안 늘다가 요즘은 좀 잠잠한 것 같긴 한데……"

"시위는 어떤가, 요즘도 그대론가?"

"그대로야. 모르긴 해도 저 사람들 속에도 한둘쯤은 시위대 사람일 걸세. 떠났다 돌아왔다 하는 모양이니까. 쉽게 끝나진 않을 거야. 정부에서는 이제 관심도 없는 모양이지만. 어때, 가는 길에 거길 들를까? 어차피 가는 길이야. 요즘은 여기 왔다가 유골을 볼 수 있느냐고 묻는 사람들도 있다더군. 지방 명물이 된 셈이지!"

"아니, 정말 그 유골을 볼 수 있나?"

"못 보지! 철없는 소리지. 한창 아옹다옹하는 판에 구경은 무슨 구경인가? 박물관에 들어가려면 몇년은 지나야 할 걸세. 그리고 말이야……"

그는 개찰구에서 나오는 사람들을 바라보며 목소리를 낮추었다.

"한가지는 알아둬야 돼. 여기 사람들은 외지에서 오는 사람들을 이제 눈엣가시로 생각한단 말이야. 전에도 말했지만 여기선 동계 올림픽이란 게 구세주네. 시위대 중에는 유골 출토지에 아파트를 세우는 건 역사에 대한 모독이라고 공사를 아예 중단하라는 사람도 있다는 거야. 그러니 이 지역 사람들이 눈에 쌍심지를 켜지 않겠나? 여기 민심은 이미 학살의 범인이 누구냐 하는 데서는 벗어나 있지. 그냥 조용히 공사가 진행되기만을 바라니까."

"그런 데서 그렇게 오래 시위를 하고 있다는 게 오히려 용하군. 어쨌든 가는 길이라니까 들르지. 오자마자 유골부터 찾는다는 게 좀 이상하긴 하지만."

"아니야. 요즘 여기에서는 유골에게 인사부터 드리는 게 예의네. 그리고 자네도 언론을 통해서만 봤으니 지금 이 나라를 들었다 놨다 하는 유골이란 게 대단한 거라고 생각할지도 모르겠네만, 유골이 뭐겠나? 유골이 유골이지. 그냥 뼈다귀일 뿐이야. 유골을 보고 싶다는 사람도 뭔가 착각하고 있는 게 아닌가 싶더군. 어째 좀 모든 게 우스꽝스럽다는 생각 안 드나? 어쨌든 지금 거긴 다시 공사를 시작했네. 출토지만 남겨놓고. 출토지라는 덴 아주 작아. 지금도 경찰만 몇명 서서 지키고 있을 거야. 그러니까 그 작은 곳이 올림픽이라는, 말하자면 이 지역 경제부흥의 구세주이자 세계인의 축제를 가로막고 있는 셈이야. 죽은 자들이 산 자들의 운명을 틀어쥐고 있는 꼴이지. 자, 여기서 이럴 게 아니라 직접 가서 보지."

그는 모터사이클에 올라탔다.

"아직도 늦진 않았네. 솜씨를 못 믿겠다면 버스정류장까지만 태워줄 수도 있어."

그리고 혼자 낄낄거리더니, 내가 흘겨보며 잠자코 헬멧을 쓰고 뒷자리에 오르자 역 광장에 큰 원을 그리며 큰길 쪽으로 나아갔다.

기차보다 모터사이클 쪽이 낯선 곳에 여행을 왔다는 기분을 실감나게 했다. 시내를 벗어나 길 오른쪽이 푸른 숲으로 이어진 지방도로로 접어들었을 때 그는 솜씨를 의심했던 나를 골려주기라도 하겠다는 듯 모터사이클의 속도를 높였다.

"이봐, 어쩌겠다는 거야! 유골을 만나기 전에 날 유골로 만들 셈인가!"

내가 소리치자 영남이 뭐라고 말하며 크게 웃음을 터뜨렸는데, 말은 알아들을 수 없었지만 바람 소리에 섞여온 그 웃음소리만큼은 오래전의 그를 떠올리게 할 만큼 유쾌해, 한해 만에 재회했음을 새삼스레 실감하게 했다.

모터사이클 앞으로, 육중하게 움직이며 커다란 소음을 내는 덤프트럭이 가로막았다. 트럭이 가는 대로 뒤를 따르다가 우회전해 언덕길로 접어들자, 길 어귀에 곧바로 전투경찰 수송버스가 서 있었다. 전투경찰들은 버스의 그림자를 그늘 삼아 앉아 더위를 식히고 있었다. 영남은 덤프트럭 뒤를 따라 천천히 언덕을 올랐다. 길 오른쪽에는 재조사를 요구하는 현수막을 내건 천막들이 연달아 다섯채 정도 늘어서 있었다. 그 안에서는 사람들이 둥그렇게 모여 앉아 이야기를 나누거나 팻말 따위의 시위도구들을 준비하는 듯했고, 천막 앞에서 지나가는 사람들에게 유인물을 나눠주는 사람도 있었다. 천막마다 사람이 들어차 족히 백명은 되어 보였다. 트럭은 언덕바지로 올라갔고, 영남은 언덕길 중턱에 모터사이클을 세우고 헬멧을 벗어 아래쪽을 바라보았다.

해가 언덕바지 공사현장의 타워크레인 너머에서 내리쬐었다. 공사현장을 향해 뻗은 아스팔트 언덕길에는 가로수 한그루 없는데다 천막 뒤쪽도 공터라, 시위대 사람들은 모두 더위에 지쳐 보였다. 다시 아래쪽에서 짐칸에 골재를 가득 실은 커다란 덤프트럭이 올라왔고, 위에서 보니 그 모습은 텔레비전 화면에서 보던 것과 비슷했다.

"저 위가 공사현장이네."

영남은 언덕바지의 높은 펜스를 가리켰다. 그 너머에 타워크레인이 까마득히 우러러보아야 할 높이로 서 있었다.

"큰 공사군."

내가 말하자 영남은 곁에 들을 만한 사람이 없는데도 목소리를 낮추었다.

"이 지역 사람들이 경제부흥의 구세주로 생각한다는 말은 결코 과장이 아니네. 선수촌 아파트뿐인가? 경기장에 부대시설까지 합하면, 옛날엔 나라 하나 세웠을 법한 일일 거야. 모르긴 해도 어마어마한 돈이 들어갈 걸세."

덤프트럭이 언덕바지에 도달하자 인부가 펜스를 열어 안으로 맞아들였다. 펜스 곁에 전투경찰 두명이 더위를 견디며 서 있었다.

"시위대는 시위를 안할 때는 뭘 하나?"

"여길 지키고 있지. 여길 떠나지 않는 게 중요한 모양이야. 시위는 오전, 오후 하는 식으로 정해져 있더군. 저 사람들이야 어차피 공사현장에 대고 소리치는 게 아니잖아? 정부에 대고 항의하는 거니까, 시위라고는 하지만 공격적인 건 없네. 시위를 하지 않을 때는 토론도 하고 소식지라는 것도 만들더군. 오래된 사람은 벌써 한달 넘어 저러고 있다지."

"천막 안에서 먹고 자면서 말인가?"

"그렇겠지. 춥진 않으니 견딜 만하겠지. 밥도 해 먹는 것 같더군. 식당에서 먹을 때도 있겠지만. 후원물품이나 후원금도 온다고 들었어. 자, 이리로 와보게."

덤프트럭이 다시 아래에서 소음을 일으키며 올라오자 영남은 내 팔을 잡아끌어 길 한쪽으로 물러났다.

"성문은 출입이 허락된 자에게만 열리니까……"

영남은 트럭이 지나가길 기다렸다가 공사현장 쪽을 가리켰다. 덤프트럭이 입구에 닿자 다시 커다란 펜스가 열리며 안으로 맞아들였다.

"저기 보이나?"

영남은 펜스가 열렸을 때 드러난 안쪽을 가리켰다. 붉은 테이프로 구역을 지정한 곳에, 전투경찰 두명이 서서 더위에 몸을 비틀고 있었다.

"저기가 바로 유골이 나온 곳이네, 하하! 우습지 않나? 저 손바닥만 한 땅뙈기 때문에 그동안 남조선 전체가 들썩거렸단 말이야!"

"그럼 저기만 내놓고 공사를 한단 말인가?"

"그렇지. 이 거대한 건설현장에서 남조선 사람 그 누구도 손댈 수 없는 곳이 바로 저 작은 땅이란 말이지."

"경계는 뭐하러 서나? 훔쳐갈 게 있는 것도 아닐 텐데."

"모르지. 혹시 아나? 누군가 도굴해서 미군이 저질렀다는 증거라도 캐낼지, 하하!"

펜스가 닫히자 그곳은 시야에서 사라졌다.

"사람들 말로는 예전에 여긴 그저 산의 언덕배기였다더군. 전쟁 땐 그저 산골마을이었겠지. 집도 몇채 없었을 걸세."

영남은 공사장 너머를 둘러싼 산을 두루 가리켰다.

"그렇다면 인민군이 후퇴하다 사람들을 죽일 이유가 있나?"

"글쎄……"

영남은 산을 보며 턱을 쓰다듬었다.

"후퇴하던 인민군이 마을로 들어가서 먹을거리를 구하다가 반항하는 주민들에게 광기를 부렸다는 것쯤 되겠지."

"미군이 죽였다면 부역자들을 처벌했다는 얘기고?"

"그런 얘기지."

"어쨌든 여긴 희한한 곳이 됐군. 저렇게 큰 공사를 벌여놓고 그 아래에서는 육십년도 더 지난 일을 가지고 싸우고 있다는 게."

영남은 시위대 쪽을 내려다보았다.

"전에도 말했지만 어쩌면 저 사람들은 진실보다는 정부를 공격하기 위한 빌미를 찾으려는 건지도 모르네. 저 사람들은 현 정부가 역사적 정통성이 없다고 생각한다더군. 사실 전쟁 때 민간인 학살의 진실이란 건 정통성을 따지기에 좋은 잣대 아닌가? 쉽게 물러나지는 않을 걸세."

그는 팔짱을 낀 채 목소리를 낮추었다.

"그러니까 여기에 정작 희생자들을 위로하려는 사람은 없단 말이네. 정부와 이 지역 사람들은 어쨌든 올림픽에 문제가 없기만을 바라는 거고, 저 사람들은 사실 전쟁 희생자들을 추모하려는 게 아니라 정부를 공격하려는 거지. 결국 육십여년 만에 세상의 빛을 보게 된 유골들은 아무런 위로조차 받지 못하고 있는 셈이야."

그 말이 연극을 내비친 것 같아 내가 물었다.

"그래서 연극을 하겠다는 건가?"

"그렇네. 그 얘긴 집에 가서 천천히 하지. 자, 봐. 슬슬 시위를 시작할 모양인가봐."

영남은 턱짓으로 시위대 쪽을 가리켰다.

천막에 있던 사람들이 하나둘 나와 팻말과 현수막을 앞세우고 대열을 갖추었다. 선두에는 메가폰을 든 지휘자가 서고, 그 뒤로 일고여덟명쯤 되는 사람들이 열줄 가까이 늘어섰다. 그 곁으로 다시 덤프트럭 두대가 연이어 먼지와 소음을 일으키며 올라갔고, 먼지를 뒤집어쓴 사람들은 트럭을 혐오하듯 노려보았다. 언덕 아래에 대기하던 전투경찰들이 열을 맞추어 뛰어올라와 시위대를 지나 그 위쪽으로 대열을 갖추었다. 영남의 말처럼, 시위의 대상이 공사나 올림픽이 아니라 정부여서인지, 또는 이제 일상이 되어버린 탓인지, 시위대와 경찰 사이에 충돌을 예감한 긴장감 같은 것은 엿보이지 않았다.

"저게 바로 육십여년 전 뼈다귀들의 진실을 둘러싼 싸움이지."

영남은 그쪽을 보며 웃음을 터뜨렸다. 메가폰을 든 선두의 지도자가 구호를 외치자 시위대가 따라 외치며 천천히 언덕길을 올랐다. 경찰은 거기에 맞추어 잰걸음을 치며 대열을 정비해 방패를 세워 길을 막았고, 시위대 지도자와 같은 메가폰을 든 지휘관 역시, 단호하긴 해도 어딘가 모르게 느슨한 목소리로 명령을 내렸다. 그쪽을 보며 내가 말했다.

"뉴스에서 혹시 이런 얘기 하는 거 들었나? 올림픽으로 기대하는 경제 효과가 얼마인데, 유골 때문에 공사가 연기되면서 발생한 손실이 얼마라고. 듣기가 불편하더군. 한마디로 말해서 전쟁 때의 진실 같은 건 그만 따지고 돈이 굴러다니는 눈앞의 현실을 준비하자는 거지. 근데 그건 말이야, 결국 전쟁 희생자들의 명예회복의 값을 공사가 늦춰지면서 발생한 손실로 따질 수 있다, 이 말 아닌가? 죽은 사람들의 값을 계산하는 좋은 방법을 찾았구나 싶었네. 화가 나더군. 그게 다 내 피해의식 때문인지 모르겠네만."

영남은 시위를 바라보고 있다가 고개를 돌렸다.

"아니네, 자네 말이 맞아. 사람들은 사실 전쟁 때의 억울한 희생자 같은 건 중요하게 생각하지 않네. 정부와 이 지역 사람들은 올림픽이 중요한 거고, 시위대는 아까 말했다시피 정부를 공격하려는 것뿐이네. 틀림없어. 그래서 내가 말하지 않았나? 세상은 시끄럽게 돌아가도 정작 진실을 바라보는 사람은 적다고. 오히려 우리 같은 사람들 눈이 더 정확할지도 모르네. 자, 그럼 이럴 게 아니라 그만 집으로 가지. 저러다 각자 제자리로 돌아가는 게 시위야. 활극이라곤 없어. 자네 얘길 들으니 갑자기 막걸리 생각이 굴뚝같구먼. 오랜만에 만나서 이런 구경만 하고 있을 순 없잖아?"

그는 마음이 들뜬 듯 손을 싹싹 비비더니 내 귓전에 속삭였다.

"자급자족을 실현하려는 자린고비가 큰맘 먹고 키우던 닭까지 잡아놨네."

나 또한 굳이 양쪽의 충돌을 보려던 것은 아니어서 떠날 마음이었는데, 경찰 대열 가까이 올라온 시위대 뒤쪽으로 가장행렬 차림의 사람들이 눈에 들어왔다. 팻말이나 현수막을 들고 구호를 외치는 앞쪽과 달리, 그 몇몇은 전쟁 때를 재현한 것이 틀림없는 분장에다 얼굴에는 가면을 쓰고 몸짓으로만 뜻을 표현했다. 얼굴 가득 굵고 검은 주름살을 그려넣은 가면을 쓴 여자는—하지만 몸매로 보아 젊은 여자였다──비탄에 젖은 듯 하늘을 쳐다보다 몸을 부르르 떨었고, 검은 얼굴에 고독한 인상을 지닌 가면의 남자는 고개를 숙이고 어깨를 늘어뜨린 채 힘없이 걸었다. 그 둘은 내가 꿈에서 본 환영들과 비슷했다. 그 뒤를 겁에 질려 울상인 어린아이 가면과 그 아이의 손을 잡고 망연자실한 표정의 아낙 가면이 뒤따랐다. 선두인 할머니 가면이 하늘을 올려다보며 원망하듯 몸을 부르르 떨면, 뒤를 따르는 자들이 그에 맞추어 자기 몫의 비탄을 연기하곤 했다.

"흠, 작전을 바꾸었군. 며칠 전엔 스마일 작전이었는데."

영남이 눈을 가늘게 뜨고 그쪽을 바라보며 말했다.

"스마일?"

"응, 며칠 전엔 노래를 부르고 손뼉을 치면서 따라왔지."

"이른바 문화선동대인가?"

우리는 모터사이클에 오르지 않고 잠시 그 행렬을 바라보았다.

"사실 저런 게 다 주민들을 자극하는 거네. 사람들이 불쾌하게 생각하지 않겠나? 정부가 거짓말을 하고 있다고 이미 단정한 거지. 죽은 자들은 억울하다는 거야. 지금 보니 여기 주민들에게 올림픽이 신앙인 것처럼, 저 사람들에게도 자기네들 믿음은 일종의 신앙 같군."

영남은 그쪽을 바라보며 냉소하다 다시 말했다.

"어쩌면 저 사람들은 재조사만으로는 만족하지 않을지도 모르네. 재조사에서도 인민군 소행이라는 결론을 낼 수도 있으니까. 미군이 죽였다는 사실이 받아들여질 때까지 계속할지도 몰라. 자, 더 볼 것 없어. 그만 가지."

영남은 모터사이클에 올라 시동을 걸었다. 내가 뒤에 오르자 모터사이클은 시위대와 경찰 곁을 지나 언덕길을 천천히 내려갔다.

영남이 사는 곳은 지방도로에서 가지처럼 뻗어나간 오르막길을 타고 야트막한 산의 중턱까지 이어진 산골마을이었다. 영남은 마을 어귀에서 내려 모터사이클을 끌고 올라갔다. 집들이 군데군데 서너채씩 모여 있었다. 밭에 나와 있던 노인들이 영남의 인사를 받고는 허리를 펴 바라보았다.

"혼자 살긴 좀 적적하지 않나?"

눈앞에 나비들이 어른거렸다.

"남조선의 시골은 다 이런 식이더군. 젊은 사람이 거의 없다지. 여기도 젊은 사람이라곤 도시에서 귀농했다는 젊은 부부하고 나밖에 없어. 저 노인들의 아들딸들은 다 도시에 나가 있지. 심심하다면 심심하고, 조용하다면 조용하지."

마을 아래 지방도로로 차가 지나갈 때마다 그 소리가 마을까지 올라왔다.

"대체 이런 덴 어떻게 찾은 건가?"

"어떻게 찾았겠나? 무작정 헤매고 다닌 거지. 그러다가 아는 사람이 이쪽이 집세도 싸고 노는 땅도 있대서 와봤던 거네. 자급자족을 하려면 땅이 있어야 하잖나? 손바닥만 한 거라도 있으면 어떻게든 부쳐볼 생각이었으니까. 이 지역 마을은 거의 다 돌아다녔지. 집은 말했다시피 공짜로 얻었네. 어차피 빈집이었으니까. 주인이란 사람은 내가 들어와 살겠다고 했더니 오히려 고맙다고 하더군."

영남은 마을 중턱에서 멈춰 지방도로의 큰길 쪽을 내려다보았다.

"겨울엔 저 길이 스키 타러 가는 행락객들 차로 빼곡하네. 저기 펜션이니 모텔이니 하는 숙박업소들이 다 그런 사람들을 상대로 먹고사는 거야."

영남은 큰길 너머, 마을을 정면으로 바라보고 있는 중세 유럽의 고성을 본뜬 모텔을 가리켰다.

"그러니까 이 지역도 겉으로 보기에는 시골이지만 도시의 상업지역이나 마찬가지네. 농사짓는 사람이라고는 이런 마을에 남아 있는 노인들뿐이야. 그런 노인들이야말로 경기와는 상관없는 사람들이지. 자기 먹을 건 자기가 구하고 있으니까. 밤엔 저 모텔들 불빛이 제법 화려해. 하지만 이쪽은 완전히 어둠이지. 노인들이 켜놓은 텔레비전 불빛만 군데군데 반딧불처럼 빛난단 말이야. 저쪽은 인터넷이니 뭐니 해서 방마다 최첨단 시설을 갖추었다던데, 이쪽은 오로지 안방의 텔레비전만으로 문명과 접하고 있는 셈이지."

다시 우리는 마을길을 올랐다.

"상대적으로 낙후되어 있는지는 몰라도, 행락객들에 의지하고 사니까 경기에 민감한 걸로 말하면 대도시나 마찬가지네. 그래서 올림픽이 이 지역에서는 싼타 할아버지가 된 거지."

"자네 말대로라면 이 마을 노인들이야말로 올림픽과는 상관없겠군."

"그렇지! 코앞에서 동계올림픽이 열려도 아침에 밭에서 일하다가 저녁에 텔레비전으로나 경기를 볼 거야. 사실 그런 생각도 들더군. 저 노인들은 여기서 동계올림픽이 열리는 것도 모르는 게 아닐까 하고 말이야. 그럴 리야 없지만 노인들에게는 여기서 열리든 런던이나 파리에서 열리든 다를 게 없어. 하지만 이 마을이야말로 가장 안정된 곳이지. 경기가 침체되어도 먹을 건 제 손으로 구하니까. 올림픽이 열리든 중단되든 상관없는 거지."

영남은 허탈한 웃음을 지었다.

"노인들이 자네더러 뭐라던가? 북에서 왔단 얘긴 했나?"

"물론 했지. 처음엔 좀 께름칙하게 보더군. 아무래도 그렇겠지. 가족이라도 있으면 몰라도 홀아비 탈북자 하나가 어느날 갑자기 와서 빈집에 들어가 살겠다고 하면 기분이 나쁘겠지. 그건 이해해. 그래서 처음에 와서 돼지고기라도 사들고 어르신들을 좀 찾아갔지. 이젠 그럭저럭 지내네. 친해졌다기보다는 서로 무관심해졌다고 할까?"

영남의 집은 마을에서 가장 위쪽, 숲 바로 아래였다. 집은 한눈에 보기에도 한때 폐가가 아니었을까 짐작할 만큼 전체적으로 어둡고 낡았다. 오래된 개량식 기와지붕 아래, 낡기도 했지만 사람 손이 타지 않아 을씨년스러워 보이는 방들과 부엌이 나란히 들어앉아 있었는데, 어두워서인지 그 모습이 세상에서 등을 돌리고 있는 것 같은 인상을 내비쳤다. 군데군데 영남이 새로이 손을 댄 곳만 밝은색이 두드러졌다. 영남은 마당에 서서 두 손을 허리에 얹고 집을 정면으로 바라보았다.

"허술해 보일지 모르지만 보기보단 튼튼하네. 나도 처음 봤을 땐 툭 건드리면 무너지는 게 아닌가 싶었지. 그래도 수리하면서 봤더니 아직 거뜬해. 태풍이 불어도 끄떡없을 걸세."

그리고 시험하듯 다가가 툇마루의 기둥을 발로 몇번 찼다.

"홀아비 하나 사는데 이 정도면 됐지, 뭐가 더 필요하겠나? 그래도 방이 세개야. 강주랑 걔 친구가 와도 따로 재울 수 있어."

집은 어두웠지만, 집 앞으로 나가면 집 뒤쪽을 두른 숲이 시원하게 눈에 들어왔다.

"모터사이클 수리 기술을 배운다더니 집도 직접 수리했나?"

"살려면 별수 있나? 자다가 지붕에 깔려 죽을 순 없잖아? 딱 그만큼만 손을 댄 거네."

영남은 나를 앞마당 한쪽의 채소밭으로 데리고 갔다. 마당 구석 일고여덟평쯤 될 채소밭에, 산 아래지만 용케 볕이 들어 아욱이니 고추니 오이, 배추, 감자, 상추 같은 것이 자라고 있었다. 푸른 잎들은 확실히 집에 생기를 불어넣었다.

"말하자면 이게 내 식량창고지. 장만 있으면 하루 세끼 반찬을 바꿔가며 먹을 수 있어."

영남은 고추 하나를 따서 내게 내밀었다. 나는 고추를 씹어보았다.

"어때?"

"맛있어. 맵지 않고 달콤하군."

"사실 난 이놈들이 없었으면 우울증에 걸렸을지도 모르네. 이런 데서 혼자 산다는 게 쉬운 일은 아니야. 밤엔 외로워. 별것 아닌 것 같아도 이놈들이 큰 위안을 주지. 지금은 이렇게 줄였지만 처음엔 거의 앞마당 전체를 밭으로 만들 생각이었네. 그래서 하루 종일 산에서 좋은 흙을 퍼다 여기 부렸지. 그런데 어느 순간 그게 다 허망하더군. 식구들이 있는 것도 아니고 혼자 사는 형편인데 말이야. 바보처럼 의욕만 앞섰던 거지. 그래서 저 정도로 줄였네. 예전에 와서 봤으면 아마 꼴사납다고 흉깨나 봤을 거야, 하하."

"저 정도면 일할 거나 있나? 가끔 가서 풀 뽑고 잎이나 솎으면 되겠군."

"맞네. 사실 자급자족이란 게 뭘 생산하는 것보다는 안 쓰는 게 우선이더군. 자, 이리 와보게. 식구들이 더 있으니까."

그는 나를 뒷마당으로 데려갔다. 사실 그곳은 마당이라기보다는 공터에 가까웠다. 그곳부터 위쪽으로 야트막한 산 중턱까지는 경사랄 게 그다지 없었고, 앞마당까지 볕이 드는 것도 그 때문이었다. 마당 한쪽에 영남이 꽤 솜씨를 부려본 것 같은 널따란 닭장이 서 있었고, 얼핏 보기에 닭이 대여섯마리쯤 들어앉아 있었다.

"이놈들도 내 식구야. 이놈들 기르는 것도 쉬운 건 아니더군. 처음엔 자고 일어나면 한마리씩 죽어 있는 거야. 어찌나 화가 나던지! 어떤 날은 범인을 잡으려고 아예 여기 툇마루에서 잔 적도 있어. 나중에 알고 보니 족제비들 짓이더군. 그래서 철망을 사다 몇 겹으로 댔지."

그는 닭장을 열어 달걀 두알을 꺼내 한알을 내밀었다. 우리는 각자 한알씩 깨서 마셨다.

"고소하지?"

"음, 정말 고소하군."

"사실 이게 내 유일한 단백질 공급원이라네."

영남은 고개를 젖혀 달걀을 마저 마시고 숲을 향해 껍질을 던졌다.

"그런데 집이 산에 너무 가까운 거 아닌가? 산에 가까이 살면 병난다던데?"

내가 숲을 바라보며 말했다.

"자네도 그런 얘기를 아는군. 자넨 누구한테 들었나?"

"어릴 때 아버지가 그러셨지."

"그렇군. 나도 어릴 때 그런 얘길 들었네. 그러지 않아도 처음 왔을 때 그 얘기가 생각나더구먼. 그런데 말이야, 그게 무슨 말인 줄 아나? 산에 영혼들이 살고 있다는 뜻이네. 숲 가까이 살면 알 수 없는 병에 걸린다는 게 다 숲에 사는 혼령들 때문이지. 나는 어머니에게 들었는데, 숲에 사는 혼령들이 사람을 질투해서 그렇다는 거야."

"자네를 질투하진 않던가?"

"그래서 내 이사하자마자 여기다 상을 펴놓고 막걸리하고 떡을 놓고 절부터 넙죽 올렸네. 잘 봐주십사, 하고 말이지. 그랬더니 역시 잘 봐주고 계신가봐. 아직 아무 탈도 없잖아."

영남은 다시 숲을 두루 올려다보았다.

"난 전쟁 희생자들의 혼령이 이 지역 산에 머물면서 틀림없이 지금의 사태를 보고 있을 거라고 생각하네. 그 영혼들이 마음 편히 하늘로 올라갔을 리야 없지 않은가?"

우리는 천천히 앞마당으로 돌아갔다.

"슬슬 뭘 좀 먹어야지?"

영남은 곧바로 밭에서 채소를 따 부엌으로 들어가 씻었다. 마당에 볕이 뜨거웠다. 나는 그늘진 툇마루에 앉아 기다렸다. 영남은 낡은 화로를 내오더니 나무를 넣고 불을 지폈고, 솥에 물을 담아 그 위에 올렸다.

"애들 건 따로 남겨놨네."

영남이 부엌에서 내온 것은 닭이었다.

"친구니 식구니 하더니 잡았단 말인가?"

"이럴 때 잡으려고 키우는 거지. 그럼 내가 진짜 친구 삼아 키우는 줄 아나? 그리고 자네 혼자 왔다면 몰라도 강주가 친구까지 데려온다는데 이 정도 대접은 해야지."

"허, 닭들만 불쌍하게 됐군."

물이 끓을 동안 툇마루에 앉아 막걸리로 목을 축였다. 오후의 볕은 아직 뜨거웠다.

한 아낙이 마당으로 들어서며 영남을 찾았다. 아낙은 손님이 있을 줄 몰랐다는 듯 조심스럽게 내 곁을 지나 화로의 불을 살피는 영남에게 다가갔다.

"안녕하시우."

영남이 일어나 아낙을 맞았다.

"손님이 계신 줄 모르고⋯⋯"

"괜찮습니다. 어쩐 일이십니까?"

"혹시⋯⋯ 이 집엔 낯선 사람들 안 왔나 해서요."

"낯선 사람들요?"

"예, 안 왔어요?"

"전 시내에 나갔다가 좀 전에 들어왔습니다."

"아, 그러셨구나⋯⋯"

아낙은 무슨 말을 꺼내려다 나 때문인지 잠시 망설였다.

"무슨 일 있었습니까?"

영남이 물었다. 아낙은 나를 의식하면서도 할 말을 거두지는 않았다.

"오늘 조간신문에 난 기사 보셨어요?"

"아뇨, 못 봤습니다."

아낙은 목소리를 낮추었다.

"오늘 조간신문에 어떤 대학교수가 글을 썼는데요, 미군 쪽 소행일 가능성이 더 크다는 거예요. 한국전쟁에 참전했던 한 미군 장교가 이 지역에서 민간인 학살이 있었다고 이미 오래전에 회고록에서 언급했다고요."

아낙은 나를 흘끗 보고는 말을 이었다.

"그게 꼭 이번 유골이라고 장담할 수는 없다고 해도 가능성은 얼마든지 있다는 얘기예요. 이 지역에 그런 일이 꽤 있었다는 얘기니까. 기사가 나자마자 아침부터 주민들이 얼마나 떠들썩했는데요. 잠잠하다 싶으면 뭐 하나씩 터진다고. 사람들 말이 험악해요. 외지에서 오는 사람들은 다 내쫓아야 한다는 사람도 있고."

"그런데 아까 말씀하신 낯선 사람들이란 건 누굽니까?"

아낙은 영남에게 한걸음 더 다가가 다시 목소리를 낮추었다.

"한 한시간쯤 전에 어디 협회라는 데서 사람들이 왔다 갔거든요. 젊은 사람들인데 마을을 돌아다니면서 어르신들한테 내일 궐기대회를 여니까 참석해달라고 했어요. 저만 쏙 빼놓고요."

"궐기대회요?"

"예, 사람들 모아놓고, 물러가라! 하면서 떠드는 거요. 외지에서 온 사람들 물러가라고 하는 거겠죠. 역 광장에서 한대요. 그 사람들, 이 지역 무슨 이권단체라던데……"

"근데 왜 최영진 씨만 빼놓았다는 겁니까?"

아낙은 다시 목소리를 낮추었다.

"젊은 사람만 쏙 빼놨다 이거죠. 그러니까 그 궐기대회라는 게 빤한 거예요. 아까 그 사람들 하는 얘기를 살짝 들었는데, 올림픽을 지켜야 한다느니 외지에서 오는 사람들은 다 불순한 사람들이라느니 하면서 다녔거든요. 그러니까 한마디로 반공시위를 하겠다 이거예요. 거기에 젊은 사람들이 누가 나서겠어요? 노인들을 데려다 하는 거죠. 노인들이야 다 전쟁을 겪은 사람들이니까 그 앞에서 함부로 전쟁 때 진실 어쩌고 하지는 못할 거라고 생각한 거겠죠. 노인들을 데려다 관제시위를 하려는 거예요."

"그래서 여기 어르신들이 따라나선대요?"

"그냥 가기야 하겠어요? 돈이라도 몇푼 쥐여주겠죠. 요즘 세상에 공짜가 어디 있어요? 용돈이라도 주니까 가겠다고 나서겠죠. 어쨌든 내일 보세요. 그 사람들, 다시 올 거니까."

아낙은 팔짱을 끼고 하늘에 대고 콧방귀를 뀌었다.

"그럼 그 사람들이 와서 노인들을 데려간다 이 말입니까?"

"그랬다니까요. 근데 그 협회라는 사람들 말이에요……"

아낙은 다시 목소리를 낮추었다.

"한둘이 아니라 예닐곱 정도가 왔었거든요. 제가 보기엔 그냥 권하러 나온 게 아니라 아예 작정한 게 있는 것 같아요. 아침에 난 기사 때문일 거예요. 그 사람들 다 이권에 관계된 사람들 같던데, 다시 시끄러워지니까 이젠 자기네가 나서서 손을 쓰겠다 이거예요."

"이권이라니 대체 뭡니까?"

"모르죠. 그래도 뭐가 있으니까 그러고 나서는 거겠죠. 그런 게 없는 사람이 남의 마을 노인들 데려가서 궐기대회까지 하려고 하겠어요? 앞으로 보세요, 제 말이 틀림없을 테니. 어쨌든 괜한 불똥이나 맞지 않게 조심하세요."

"저 같은 사람이야 누가 뭐라겠습니까."

"요즘 분위기가 그렇잖아요. 외부인들은 다 불순하다, 북한에서 보낸 사람도 있다, 이런 소리가 쉽게 나온다니까요."

아낙은 불쾌하다는 듯 미간을 찌푸렸다.

"어쨌든 알겠습니다. 알려주셔서 감사합니다."

영남이 인사하자 아낙은 내게도 고개인사를 하고는 길게 한숨을 내쉬며 나갔다.

그사이 솥의 물이 끓어 영남이 닭을 집어넣었다.

"귀농했다는 부부의 아낙이네. 이 지역에서 재조사를 찬성하는 몇 안되는 사람 중의 하나일 거야. 그러고 보면 아까 시위대의 분장행렬도 이유가 있었던 걸지도 모르네. 며칠 전보다 꽤 활기가 있다 했더니 아침에 났다는 그 기사 때문일지도 몰라."

"이 마을까지 시끄러워지는 건 아닌가?"

"걱정 말게. 노인들을 데려가겠다면 데려가라지. 우리가 상관할 일은 아니네."

닭이 끓는 물 위로 둥실 떠오르자 영남이 안에서 채소와 그릇들을 내왔다.

산 아래라 금세 해가 넘어갔다. 숲의 그늘이 천천히 마을을 덮고 큰길까지 번지자, 그러지 않아도 인적이 드문 마을이 일시에 고즈넉해졌다. 우리는 삶은 닭을 가운데 놓고 마당 평상에 앉아 술잔을 기울였다.

해가 기울자 마당도 금세 어두웠다. 처마에 걸어놓은 백열등이 아니라면, 마을 아래쪽에서 그곳은 드러나지도 않을 듯했다. 우리는 술잔을 주고받으며 동남아시아인들의 거리에 살던 시절을 오갔다. 오랜만에 말벗을 만나서인지, 영남은 취한 사람처럼 그 시절 이야기를 끝없이 주절거렸다. 나는 참회연극 이야기를 듣고 싶었기에, 그의 얼굴이 불콰한 것을 보고는 그 이야기부터 꺼냈다.

백열등 불빛을 등진 영남은 어두운 마당 쪽을 물끄러미 바라보다가 연극 대신 유골에 대해 이야기했다.

　"자네 혹시 어릴 때 숲에서 제사 지내는 거 본 적 있나?"

　"숲에서? 글쎄, 못 본 것 같은데."

　"아니야, 아니야. 자네 마을에서도 틀림없이 그랬을 걸세. 옛날엔 다 그랬으니까. 억울하게 죽거나 식구 없이 혼자 죽은 사람이 있으면 마을에서 다 같이 산에 올라가 제사를 지냈어."

　그는 잠시 고개를 떨어뜨리고 있었다.

　"유골이 나왔을 때 난 그 제사 생각이 나더군. 자네, 사람들이 왜 산에서 제사를 지냈는지 아나? 산이 산 자들뿐 아니라 죽은 자들도 다 포용할 수 있기 때문이야. 산한테 억울한 넋을 맡기는 거지. 돼지 껍데기를 썼던 무당이 하려고 한 것도 비슷한 거네. 그런데 말이네, 사실 사람들이 다 같이 제사를 지냈던 건 억울한 영혼만 달래려는 건 아니었어. 자네 마을에선 그런 게 없었다니 모르겠지만, 그건 자기 죄도 씻으려는 거였네. 억울한 죽음이란 게 어디 그 사람 하나의 문제인가? 사람 사는 세상이 저지른 일이지. 그러니까 다들 그렇게 자기도 용서를 비는 거야. 우리 어머니는 제사를 지내고 나면 이상하게 마음이 맑아진다고 했어. 그게 다 그런 얘기 아니겠나? 자기도 정화된다는 말이지."

　"자네에게 연극이란 게 그 제사 같은 거라는 말인가?"

　"응, 그렇네."

　영남은 막걸리 한사발을 들이켜고 손등으로 입가를 닦았다.

"좀 다른 얘긴데…… 자네 혹시 시시포스라고 들어봤나? 희랍신화에 나온다는 사람인데."

"몰라."

"동백이가 보던 책에서 읽었네. 유품을 정리할 때 내가 갖고 온 거였는데, 거기에 시시포스라는 아주 교활한 인간이 나와. 결국 벌을 받게 되지. 신이 벌을 내리길, 평생 바윗돌을 산꼭대기로 밀어올리라는 거지. 다 밀어올리면 바위는 다시 떨어진다네. 그러면 다시 처음부터 밀어올리기 시작하는 거야. 그렇게 평생을 보내는 거지."

영남은 담배에 불을 붙여 길게 연기를 내뱉었다.

"그동안 모터사이클 수리 기술도 배우고 새 생활을 찾으려고 애썼네. 그런데 밤마다 외롭더군. 밤에 누워 생각해보니 내 꼴이 꼭 시시포스라는 그놈 꼴인 거야. 어쩌면 동백이도 그 책을 보면서 그런 생각을 했을지 모르네. 난 그 책을 보고서야 내가 벌을 받고 있다는 걸 알았네. 난 벌을 받고 있었어. 아무리 노력해도 어느 한순간 제자리로 돌아오는 벌이지. 정말이네. 아무리 애써도 한순간에 다시 처음으로 굴러떨어지는 거야."

그는 가만히 고개를 떨어뜨렸다.

"혼자 살아서 외로운 게 아니라 죄를 지어서 외로웠던 걸세. 그러니 그 연출자라는 사람이 와서 참회연극이라는 말을 꺼냈을 때 내가 어땠겠나? 한대 얻어맞은 것 같았지. 정말이지 내가 간절히 원했던 게 바로 참회라는 걸 그 순간에 절실히 깨달았네. 내겐 그 연극이 참으로 고마웠던 거지. 그뒤로는 신기하게도 살아갈 기운이 나는 거네. 내게 그 연극은 어릴 때 마을에서 지내던 제사 같은 거야. 전쟁 희생자들을 위로하면서 그 안에서 나도 죄를 씻는 거지. 그게 산 자의 도리 아니겠나? 이 지역에 살면서 나 같은 사람이 그런 희생자들을 못 본 척할 수는 없는 거 아닌가?"

그러고는 나를 보고 물었다.

"어떤가, 나하고 같이 해볼 생각 없나?"

"아니, 아니야. 난 생각해본 일도 없네."

그러자 그는 정색했다.

"이봐, 자네야말로 계기란 게 필요한 사람 아닌가? 자넨 앞으로 강주를 키워야 하잖아. 그런 사람이 일년이 넘게 잠도 제대로 자지 못하고 있으면 어떡하겠다는 건가?"

나는 대답하지 않았다.

"이 연극은 예술이 아니네. 뜻이 중요한 거지. 다들 처음 하는 사람들이야."

그는 막걸리를 마시고 내 대답을 기다렸다.

나는 참회할 뜻이 없었기에, 처음 연극에 대해 들었을 때부터 참여한다는 생각은 해본 일이 없었다. 나는 죄를 씻고 싶지 않았고, 정화되고 싶지 않았다. 나는 죄를 지은 자로 남아 있고 싶었다. 죄를 씻는다면, 그뒤에 무엇이 남는가? 그 삶을 견딜 수 있는가?

"아니야. 생각해줘서 고맙지만 사양하겠네."

그는 내 대답에 실망한 듯했다.

"대체 자네 생각은 뭔가? 그렇게 지내다가, 솔직히 말해서, 동백이 같은 생각을 하지 말란 법 있나? 아니, 솔직히 말해보게. 자네 그런 생각 안해봤다고 자신 있게 말할 수 있나?"

"알았네. 자네 말이 맞아."

나는 그의 시선을 피해 다시 말했다.

"하지만 난 안 죽네."

"그렇다니 다행이군. 그렇다면 절박한 쪽은 오히려 나였군."

"난 이대로 살아갈 작정이야. 자네처럼 계획이 있는 건 아니네. 내가 무기력하단 건 알고 있어. 그래도 참회를 원하는 건 아니네."

"속죄하고 싶지 않단 말인가?"

"난 새로운 삶을 원하지 않아."

"그런가? 그럼 견딜 만하단 뜻이군. 그건 자네 고통이 끝나서 그런 거네."

나는 그 말에 놀라 그의 얼굴을 쳐다보았다. 알지 못한 사이에 그의 낯빛이 흥분으로 붉게 물들어 있었다.

"무슨 소린가, 그 고통이 끝났다는 말."

그러자 그는 정색하더니 나를 향해 크게 손을 내저었다.

"아니네. 오랜만에 마셨더니 취했나봐. 나도 무슨 말인지 모르겠군. 마치 고통을 비교하자는 얘기 같군. 정신이 나갔어. 잊어버리게. 그리고 연극 같은 건 하기 싫으면 관두게. 자네더러 오라고 한 게 연극 때문은 아니지. 나도 자네가 편히 지내다 가면 그뿐이야. 자, 술이나 들지. 연극 얘긴 그만하고."

그것으로 다시 연극 이야기로 돌아가지 않았다.

밤이 깊을수록 마을은 더욱 적막했다. 그와 나의 대화는 결국 동백이 살아 있던 그 시절로 돌아가곤 했다. 영남은 동백과의 추억에 젖어 그날밤은 혼자라도 끝없이 주절거릴 듯했고, 어느 순간에는 문득 고개를 떨어뜨렸다가 한참 동안 말이 없기도 했다. 오랜만에 긴장감을 벗어버린 탓인지, 나도 일찍 취기를 느꼈다. 동백과의 추억은 한순간 나를 아득한 곳으로 이끌곤 했다. 그 시절에 빠져 있다 정신이 들면, 우리 모두 한동안 혼자 생각에만 잠겨 있었다는 걸 깨닫기도 했다.

취기 탓으로 우리는 연극 연출자라는 사람이 안으로 들어서는 것도 알지 못했다. 그는 마당에서 우리를 멋쩍게 바라보았다. 나는 그에게 자리를 양보하고 안으로 들어갔다. 취기를 빌려 잠들 참이었는데, 낯선 곳이라는 의식이 쉬이 잠을 허락하지 않았다. 잠들었다 무심코 깨어, 그곳이 낯선 곳, 일테면 사막이나 그 후텁지근하던 태국의 여관방이 아니라는 걸 깨달으면 다시 눈을 감았다. 마당에서 영남이나 연출자의 목소리가 흘러들어오곤 했다. 그러니까 그 사람들은…… 대체 뭘 바라는 겁니까? 영남은 흥분한 듯했다. 한마디로 프로파간다 연극을 하라는 겁니다. ……돈을 주겠다고…… 큰 극장…… 미군 범죄요? 그건 용납 안할 겁니다. 연출자의 목소리는 낮고 차분했다. 그 소리를 들으며 잠들었다 깨기를 반복하니, 나중에는 꿈인지 현실인지 구별할 수 없었다. 어느 순간 깨었을 때는 곁에 영남이 누워 있었다.

새벽녘에 다시 어떤 소리를 듣고 잠에서 깨어났다. 꿈에 무언가를 캐내기 위해 연신 땅에 곡괭이질을 해대는 남자를 본 터라, 한동안 나는 그 소리를 그 남자의 숨소리로 착각했다. 소리는 마당에서 흘러들어오고 있었다.

채 동이 트지 않아 어스름한 마당 한구석에서 웃통을 벗은 영남이 공화국 시절 배운 체조에 열중하고 있었다. 소리는 그가 낮게 지르는 구령이었다. 어두운 곳에 선 그의 뒷모습에 어떤 의지와 그 의지가 지나쳐 드러난 아집, 고독이 서려 있었다. 나는 창문으로 그를 지켜보았다. 그는 무언가를 이겨내려는 것 같았고, 그런 의지는 내게는 없는 것이었지만, 그럼에도 나는 그 모습에서 비애부터 느꼈다. 그가 무언가를 이겨내서 얻으려는 것은 속죄일 것이다. 새벽부터 부단히 몸을 단련하여 다다르려는 것도 속죄일 것이다. 나는 그에게서 시선을 떼고 자리에 누웠다. 그의 구령 소리가 먼 곳, 공간이 아니라 시간으로서 먼, 그런 곳에서 울려오는 듯했다.

노인들의 웃음

아침을 내가 짓기로 하고 부엌에 나가 있을 때, 마을 아래에서 노랫소리가 크게 울렸다. 밖으로 나가니 영남이 이미 대문 밖에 나와 그쪽을 내려다보고 있었다.

"1988년 서울올림픽 폐막식 때 썼던 곡이라네. 여기 와서 꽤 들었지."

그가 내게 조용히 말했다.

마을 어귀에, 지붕에 확성기를 이고 큰 태극기를 꽂은 승합차를 선두로 승합차 두대가 연이어 서 있었다. 이십대 초반이나 중반쯤 되어 보이는, 거무튀튀한 얼굴에 말쑥한 정장을 차려입은 청년 대여섯이 그곳에서 내려, 선두 승합차에서 내린 중년남자의 지시를 받아 마을로 올라왔다.

청년들은 노인들에게 깍듯한 예의를 갖추었다. 노인들은 청년들이 방문하자 곧바로 안으로 들어가 나갈 채비를 차렸다. 그동안 청년들은 밭 군데군데에 서서 옷매무새를 가다듬거나 주머니에서 휴대전화를 꺼내 들여다보곤 했다.

그동안에도 올림픽 찬가는 귀가 따가울 만큼 크게, 그 한곡만이 되풀이되었다. 밖으로 나온 노인들이 하나둘 청년들의 안내를 받아 승합차 쪽으로 내려갔다. 어딘가 모르게 어색한 모습이었지만 청년들의 깍듯한 시중이 기꺼운 모양으로, 노인들의 입가에는 온화하고 흐뭇한 웃음이 머물러 있었다.

"협회라는 데서 온 자들인가?"

내가 영남에게 물었다.

"그렇겠지."

"어째 좀 우스꽝스럽군. 노래나 저 태극기나, 저 친구들 양복은 또 뭔가?"

"어르신들에게 자기네 이익을 위한 일이라고 했겠나? 올림픽이니 지역경제니 하는 말로 포장했겠지. 요란한 연극이군. 뒤가 구린 사람은 요란하게 마련이지."

마을 어귀에서 기다리던 중년남자가 노인들을 맞아 승합차에 태웠다. 일시에 마을이 텅 빈 듯했다. 곧 올림픽 찬가 소리가 큰길을 벗어나 시내 쪽으로 사라졌다.

기다렸다는 듯 아래에서 귀농 아낙이 마을을 내다보며 올라왔다.

"보셨죠? 아주 싹쓸이를 하네요, 싹쓸이를. 아니, 돈으로 사람 사

다가 세워놓는 게 궐기대회예요? 잘들 한다, 잘들 해. 그리고 어르
신들도 참 한심하지. 나이 드신 양반들이 용돈 몇푼 준다고 그런
델 따라나서서 잘 알지도 못하는 사람들을 불순하다느니 배후가
있다느니 욕이나 하면서 서 있겠다고 나서니……"

아낙은 한숨을 내쉬고는, 이제 엿들을 사람 걱정도 없다는 듯 목
소리를 높였다.

"요 아래 큰길가에 현수막 붙인 거 못 보셨죠? 아주 휘황찬란하
게 붙여놨더라고요!"

"무슨 현수막요?"

영남이 물었다.

"뭐겠어요? 빨갱이라느니 북한이 어쨌다느니…… 아주 시뻘건
소리들을 대놓고 적어놨죠."

아낙은 민망하다는 듯 얼굴을 찌푸렸다.

"그것도 협회라는 사람들이 붙였다는 겁니까?"

"그렇겠죠. 누가 그런 걸 붙이겠어요? 한쪽에서는 노인들 데리
고 가고 한쪽에선 저런 거 붙이고 다니겠죠. 보아하니 자기 사업
은 걸려 있고, 힘 있겠다, 돈 있겠다, 아주 팔을 걷어붙이고 나섰나
봐요. 좀 전에 그 양복 입은 사람들도 돈 줘서 모았을 거 아니에요?
안 그러면 갑자기 그런 사람들이 어디서 튀어나와요? 풋내기들 아
니면 늙다리들이 제일 쉬운 거지. 정말 세상이 어떻게 되려고 이러
는지……"

아낙은 한심하다는 듯 마을을 내다보았다.

영남은 아무 말도 하지 않았다. 아낙은 흥분해서 다시 무슨 말을 꺼내려다가, 무심한 영남의 눈치를 보고는 스스로 입을 닫았다. 그리고 곧바로 내려가며 소리쳤다.

"현수막 보면 기분 꽤 상하실 거예요!"

그녀의 엉덩이가 불편한 심기만큼 씰룩거렸다.

영남은 곧바로 안으로 들어가 뒷마당에서 닭장을 치우기 시작했다. 나는 부엌에서 밥을 지었고, 그동안 그는 닭똥으로 퇴비를 만드느라 앞뒤 마당을 오가곤 했다.

전날 연출자와 협회에 대해 이야기하는 것을 들은 터라, 입을 꾹 다문 모양이 말하지 못한 것이 있는 듯했다. 식사 중에도 그는 통 말이 없었는데, 내가 설거지를 끝내고 커피를 타서 툇마루로 내가자, 그제야 채소밭에 있다가 다가오며 조심스럽게 털어놓았다.

"굳이 자네한테까지 말할 필요는 없을 것 같아서 그냥 있으려고 했는데, 내일 또 그놈들이 올지 몰라서 말이야……"

툇마루에 앉자마자 그가 말했다.

"협회라는 자들 말인가?"

"응."

그는 커피를 홀짝거렸다.

"무슨 일이 있나?"

그는 잔을 내려놓고 목소리를 낮추었다.

"어제 그 협회라는 자들이 연출자에게 전화를 건 모양이네."

"무슨 일로?"

"나 참, 우스운 일이 있더군. 그자들이 연극에 돈을 대겠다고 했다는 모양이야."

"그게 무슨 말인가?"

"돈뿐만이 아니야. 아예 큰 극장을 빌려주겠다고 했다지."

"왜?"

영남은 다시 목소리를 낮추었다.

"이 연극이 인민군이 저지른 짓으로 되어 있지 않나. 그자들이야 인민군이 저질렀다고 결론이 나서 아무 탈 없이 공사가 진행되길 바라니까, 아예 적극적으로 연극을 후원하겠다고 나선 거야."

"그럼 연극을 이용하겠다는 말인가?"

"응, 정확히 그 말이네. 나도 어제 처음 들었는데, 참회연극이란 게 할 때마다 일간지에 여러번 났던 모양이더군. 그걸 계산한 모양이지."

영남은 가볍게 한숨을 내쉬었다.

"그래서 돈을 댈 테니까 아예 크게 하라고 했다는 건가?"

"신문에 날 만큼 하라는 거겠지. 연출자는 프로파간다 연극이라고 하더군. 연극으로 여론을 만들겠다는 심산이지."

"그래, 그걸 받아들였나?"

"그럴 리가 있나. 한마디로 거절했지. 그 연극은 어느 한쪽을 편들려고 하는 게 아니잖아. 거절이 다 뭐야, 쓸데없는 간섭 하지 말라고 딱 잘라서 말했다더군. 그런데 그놈들 말이야, 하는 짓이 좀 사나운 데가 있나봐. 은근히 으름장을 놨다는 거네. 그렇다면 연극을 하든 뭘 하든 상관 않겠는데, 만에 하나라도 미군이 저질렀다는 내용으로 했다가는 가만히 있지 않겠다고 했다더군."

"허, 협박인가?"

"글쎄."

"대체 뭐 하는 자들인가?"

영남은 커피를 한모금 마시고, 내려놓은 잔을 잠시 물끄러미 바라보았다.

"이 지역에서 사업하는 사람들 단체가 맞긴 맞나보더군. 올림픽 공사 이권에 개입되어 있는 게 맞아. 어제 연출자도 그러더군. 지역 상권이나 부동산에 개입되어 있을 거라고. 최영진 씨 말대로 어젯 난 조간신문 기사가 불을 지른 모양이야. 가만히 앉아서 당하고만 있지는 않겠다 이거지."

"그렇다고 협박을 해?"

영남은 잠시 생각에 잠겨 있었다.

"그게…… 연출자도 신중하게 말하긴 하던데, 말하는 투로 봐서 실제로 이 지역에서 꽤 실력 있는 단체일지도 모르네. 아까 청년들 동원해서 노인들 데려가는 것 봤잖아. 최영진 씨야 우습게 봤지만 그 정도 힘이란 것도 쉽게 볼 건 아니지. 어쨌든 내가 보기에도 그 자들, 팔을 걷어붙이고 나선 것 같네. 자네가 괘념할 일은 아니네만, 그래도 내일 또 오늘 같은 일이 있으면 애들한테 뭐라고 설명이라도 해줘야 할 것 같아서 하는 얘길세."

"만약 신문에 난 것처럼 미군이 저지른 게 사실이라면 연극은 어떻게 되는 건가? 미군이 저질렀다는 내용으로 하는 건가?"

영남은 허리를 숙이고 두 손을 깍지 끼었다.

"사실 우리야 어느 쪽이든 상관없지. 연출자도 내 생각과 같아. 연극의 목적은 오직 희생자들을 위로하는 거네. 어느 쪽에서 죽였든 그건 중요한 문제가 아니야. 그래도…… 그렇게 되면 아무래도 좀 성가시겠지. 주민들 반발도 있을 테고 말이야. 연출자가 잘 알아서 하겠지만."

그리고 나를 위로하듯 말했다.

"모처럼 왔는데 하필 동네가 시끄럽군. 미안하게 됐네."

영남은 집 앞으로 나가 마을을 내다보았다. 마을은 그야말로 쥐 죽은 듯 조용했다.

점심시간에 맞추어 온다는 아이들을 마중하러 역으로 나갔다. 텅 빈 마을이라 내려갈 때 모터사이클 엔진 소리가 유난했다. 마을 아래에서 시내 쪽으로 접어들자, 귀농 아낙이 말한 대로 전날 없던 현수막들이 길에 나붙어 있었다. 우리는 그 앞에서 속도를 늦추었고, 달리는 채로 '북한'이니 '배후'니 '빨갱이'니 하는 말들을 읽고 지나갔다. 그런 말들은 한 귀로 듣고 한 귀로 흘려버리면 그만이었다.

시내 쪽으로, 휴가를 떠나 그 도시를 찾은 사람들의 차들이 길게 늘어서 있었다. 장마가 지난 뒤로 비 소식이 감감하고 날마다 무더웠다. 정지한 차들 뒤에 서 있으면 아스팔트 열기가 턱밑까지 치솟곤 했다.

시내로 접어들자 오히려 한산했다. 모터사이클에도 어느덧 익

숙해, 무심한 엔진 소리에 아침나절에 봤던 노인들의 웃음을 떠올리고 있는데, 어디선가 환청처럼 올림픽 찬가 소리가 울렸다. 차들 위로 멀리 역 광장의 시계탑이 솟아 있었다. 소리는 환청이 아니라 실제로 역 광장에서 나는 것이었고, 그제야 나는 궐기대회 장소가 역 광장이라는 것을 떠올렸다.

역 광장으로 접어들자, 아침에 봤던 확성기를 인 승합차 옆으로, 정장 입은 청년들의 지시에 따라 노인들이 화단 앞 천막 아래에 도열해 가고 있었다. 여러 마을에서 불러모은 듯 수가 꽤 되었다. 정장 입은 청년들이 지시하는 대로 화단 앞에 줄을 선 노인들은, 마치 나들이를 나왔다가 단체사진을 찍으려는 사람들처럼 멋쩍게 웃고 있었다. 청년들 가운데 하나가 사진사처럼 앞에 서서 전체를 바라보다가, 위치가 적당하다 싶은 노인에게 팻말을 건네주었다. 팻말의 글귀는, 표현을 순화했을 뿐 마을 아래 현수막에서 본 것과 다르지 않았다. 그 앞을 지나 주차장에 모터사이클을 세우자, 뒤에서 청년의 힘찬 반공 구호 소리가 확성기를 통해 흘러나왔다. 곧이어 그 온화한 웃음만큼 맥 빠진 노인들의 외침이 올림픽 찬가 소리를 배경으로 뒤를 따랐다.

그것이 궐기대회이자 외지에서 오는 사람들에 대한 그들의 일차 방어망이었다. 노인들의 목소리는 시끄러운 올림픽 찬가 소리에 묻혀 제대로 새어나오지 않았다. 하지만 어차피 노인들은 목소리가 아니라 줄지어 선 외형으로 의미가 있을 것이어서, 그들이 소리 크기에 괘념할 것 같지는 않았다.

확성기는 그곳에서도 올림픽 찬가 한곡만을 되풀이했다. 평화와 화합의 가사가 흘러나오면, 그 아래에서 증오를 주장하는 목소리가 뒤를 따랐다. 노랫소리는 역사 안의 대합실까지 흘러들어왔다. 대합실 안의 사람들도 창가에 모여 흥미로운 듯 노인들의 시위를 지켜보고 있었다. 나야 상관할 일이 아니었지만, 예민한 아이가 여행지 첫 대면으로 노인들의 반공 시위부터 맞닥뜨릴 일은 적잖이 꺼림칙했다.

강주는 지난해만 해도 봄가을로 학교에 가지 않겠다고 집에 틀어박혔다. 전해에도 두번 그런 일이 있었다. 지난해 봄에는 단단히 다그쳐 다시 학교로 내보냈는데, 가을에는 동백이 죽은 뒤여서 무력하기로는 나 역시 마찬가지였다. 그때 아이는 방에 틀어박혔다가 며칠 뒤에 스스로 학교에 나갔다.

북에 있을 때만 해도 아이는 영민하다는 소리를 들으며 마을 어른들에게도 귀여움을 많이 받고 자랐다. 성격이 변한 것은 아무래도 어머니를 잃은 뒤부터였다. 사춘기에 접어들어서는 의뭉스럽기 이를 데가 없었고, 툭하면 투정이나 신경질을 부리며 일부러 모난 짓을 저지르기도 했다. 참견은 조금도 허락하지 않았다. 오히려 내게서는 늘 멀어지려 했다. 그럴 때마다 나는 아이가 모성에 대한 결핍을 나에 대한 원망으로 해소하려는 게 아닌가 하는 마음이 들었다. 자존심은 날로 커져서, 남조선 사회에 대해서는 애써 무관심하려 했다. 저녁을 먹다가 텔레비전에서 여가수가 나와 노래를 부르거나 춤을 추면 일부러 시선을 돌려 화면을 외면했고, 내가 자리라도 비우면 아예 채널을 돌려놓았다. 외식을 나가서도 피자 가게 같은, 또래의 남조선 아이들이 찾는 서양음식점들은 모두 외면하며 굳이 평범한 한식집을 찾아 들어가곤 했다.

지난해까지 친구 하나 사귀지 못했다. 새 학년에 오르면, 학급 아이들은 호기심에서라도 강주에게 접근하다가, 그마저 바닥나면 금세 벽을 느끼고 물러났다. 학업이 버거운 것이야 어쩔 수 없다 하더라도 친구 하나만이라도 사귀길 바랐는데, 학년이 올라가도 도무지 외톨이 신세를 면하지 못했다.

그러던 것이 올봄에 처음 친구를 사귄 것이었다. 아이의 말로 치수는 학교에서 일찍이 조울증이라는 병명을 알리며, 아이들 사이에서는 뚜렷한 예외였다. 유골이 출토된 뒤, 아이들 사이에서도—어느 쪽이 저질렀느냐는 흥미 위주였지만—학살이 곧잘 화제에 올랐던 모양인데, 덩달아 강주도 입에 오르곤 한 듯했다. 하지만 아이들은 친구에 대한 '배려'로, 강주 앞에서는 북한에 대한 말을 꺼내는 것조차 조심했다. 그런데 학급 아이들이 모두 알고 있는, 강주가 북에서 왔다는 사실을 치수만은 늦봄이 되도록 전혀 몰랐던 모양이고, 유골 사건에 대한 아이들의 대화를 듣고 처음 그 사실을 알고는 그 즉시 강주에게 득달같이 달려가 물은 모양이었다.

"야! 너 북한에서 왔다며?"

그것은 강주의 출신에 대해 말할 때는 조심스러워야 한다는, 학급 아이들 사이의 암묵적 규약을 일거에 깨뜨린 것이었다. 당황한 강주를 보고서도 치수는 호기심에 차 속사포처럼 쏘아붙였다.

"언제? 어디서 왔어?"

"얼마나 됐어?"

"너도 굶어 죽을까봐 도망친 거야?"

치수는 그 새하얀 얼굴을 들이대고 강주의 대답을 기다렸고, 다른 아이들이 심상치 않은 눈으로 보고 있다는 사실은 조금도 눈치채지 못했다.

"그럼 너, 사람 죽은 것도 봤어?"

그때 치수 뒤에서 그 광경을 지켜보던 남자아이가 참다못해 끼어들었다.

"야, 한치수! 넌 예의란 것도 없냐?"

그제야 치수는 아이들의 시선을 알아차렸고, 조심스럽게 지켜보던 아이들은 안도의 한숨을 내쉬었다. 남자아이는 치수를 신랄하게 다그쳤다. 치수는 영문을 모르겠다는 듯 듣고 있다가 학교에서 유명한 바로 그 증상 그대로 입을 오물거리며 교실 뒤로 가더니, 그 자리에 쪼그리고 앉아 눈물을 흘렸다.

그렇게 끝난 일이었는데, 어찌 된 셈인지 강주와 치수는 그뒤로 친구가 되었다. 어떻게 그런 일이 아이들을 가깝게 할 수 있는지, 어른인 나는 알 길이 없었다. 그날 저녁 그 이야기를 꺼내던 강주가 입을 막고 혼자 웃음을 터뜨리곤 했는데, 왜 웃음이 나오는지조차 나는 이해할 수 없었다. 어쨌든 그렇게 해서 둘은—내 짐작이지만—학교에서 서로에게 유일한 친구가 되었다.

올림픽 찬가가 역사 안을 울리는 가운데 개찰구에서 사람들이 걸어나왔다. 그 가운데 그 무더운 날씨에 긴팔 윗도리와 긴 바지를 입은 사람이 있었는데, 물론 그것은 강주였다. 허벅지와 팔뚝에 남아 있는 어린시절 영양부족의 증거, 부스럼 같은 피부병 때문이었지만—가장 심한 곳은 옆구리 쪽이다—무더운 날씨에도 그렇게 입어야 할 만큼 유난스러운 것은 아니었다. 게다가 치수가 개찰구를 나서기도 전에 까치발을 디뎌 역 광장 쪽을 내다보는 데 반해, 강주는 마치 새로운 곳에 흥미가 없다는 걸 일부러 드러내기라도 하겠다는 듯 고개를 푹 숙이고 걸었다.

"그새 숙녀가 다 됐구나!"

영남이 다가가 강주를 반겼다.

"네 아버지한테 오라고 다그쳤다만 사실 아저씨는 강주 네가 보고 싶었던 거야. 어때, 여행 오니?"

"좋아요."

영남은 무엇이 즐거운지 연신 너털웃음을 터뜨렸다.

"넌 이름이 치수라고?"

영남이 묻자 치수가 대답했다.

"예."

"그래, 너도 잘 왔다. 강원도엔 와봤어?"

"어릴 때 설악산에 가보고 처음이에요."

"그래? 그럼 더 잘됐구나. 근데 아저씨가 여기서 미리 말할 게 있다. 가면 아저씨 집에서 지내야 하는데, 아마 네가 여행 다니면서 지내던 데하곤 많이 다를 거야. 불편한 게 한두가지가 아니야. 그건 미리 알아둬야 돼."

"얘기 들었어요. 여행이란 게 다 그렇죠."

치수가 어른스럽게 말하는 통에 모두들 웃음을 터뜨렸다.

역을 나가서 노인들의 시위를 피해 서둘러 아이들을 주차장 쪽으로 데리고 갔다. 모터사이클이 기다리고 있을 줄 몰랐던 치수는 한눈에 시선을 빼앗겨, 노인들의 반공 구호 소리 따위는 귀에 들어오지도 않는 듯했다.

"아저씨, 우리 이거 타고 갈 거예요?"

치수의 얼굴은 이미 상기되어 있었다.

"그래야지. 누굴 태워줄까? 둘은 못 타는데."

영남이 말하자, 즉시 치수는 강주에게 자기가 타고 싶다고 졸랐다. 강주가 생각할 것도 없다는 듯 승낙하자, 아이는 쾌재를 부르며 바로 뒷좌석으로 뛰어올랐다.

치수를 태운 영남의 모터사이클이 먼저 역을 빠져나갔다. 강주와 나는 버스정류장으로 가 버스를 기다렸다. 아이에게서 여행을 떠났다는 들뜬 기색은 조금도 엿보이지 않았다. 정류장에 선 모습이 마치 집 앞에서 버스를 기다리는 듯했다. 버스는 좀체 오지 않았다. 역 광장의 반공 구호 소리가 마치 아이와 나를 겨냥한 듯 귓전을 울리곤 했다.

"미군 범죄 주장하는 빨갱이들은 북한으로 돌아가라!"

아이는 그 소리에 귀를 기울이고 있는 듯했다. 버스에서는 그래도 호기심이 이는지 창밖 풍경을 내다보곤 했다. 하지만 시내 곳곳에도, 역으로 갈 때만 해도 없던 현수막들이 그사이에 나붙어 있었다. 창밖으로 현수막이 지나가면, 아이는 고개를 돌려 그 글귀들을 읽곤 했다.

"아까 역에서 빨갱이니 북한이니 하던 할아버지 할머니들은 뭐예요?"

버스가 시내를 벗어나 더이상 현수막이 나타나지 않자 아이가 물었다.

"궐기대회라고 하더라."

"궐기대회가 뭔데요?"

"사람들이 모여서 아까처럼 같이 외치는 거야."

강주는 잠시 창밖을 내다보았다.

"거기 있던 할아버지 할머니들은 대체 누구예요?"

"여기 사는 사람들이지."

"유골 때문에 그러는 거죠?"

"그런가보더라."

아이는 무릎 위 가방을 만지작거리다 고개를 들어 물었다.

"그런데 북한하고는 무슨 상관이에요? 인민군이 죽었다고 저러는 거예요?"

"그런 건 듣지 마. 신경 쓸 거 없다."

"미군이 죽었다는 사람들은 북한에서 보낸 거라는 말은 또 뭐예요?"

그 질문에 대답하기는 어려웠다. 아이에게 대답하는 것이 아니어도 마찬가지였을 것이다. 설명해야 한다면, 아침나절의 그 해괴한 풍경부터 시작해야 할까?

"그런 얘기는 듣지 마. 다 돈으로 사람을 사서 하는 일이라고 하더라."

"사람을 사요?"

"응, 돈 줄 테니 와서 서 있어달라고 했다는 거야."

"정말이에요?"

"틀림없어."

"그래도 북한이 무슨 상관이에요? 무슨 상관이 있으니까 그렇게 말하는 거 아니에요."

영남의 말대로 다음 날 또 그들이 마을로 올지도 몰랐기에, 어느 정도 말해두는 편이 옳을 듯했다.

"지금 여긴 외지에서 사람들이 와서 사건의 원인을 다시 조사하라고 시위를 하고 있다. 어떤 사람들은 그게 싫은 모양이야. 올림픽을 치르려면 해야 할 일이 많은데, 그것 때문에 방해가 된다는 거지. 그 사람들은 외지에서 온 사람들을 내쫓고 싶어한다. 그래서 궐기대회도 하고, 빨갱이라느니 하면서 욕을 하는 거야. 북한하고는 상관이 없어. 시위하는 사람들을 내쫓으려고 갖다붙이는 말이야. 넌 그런 얘기는 들을 필요 없다. 그리고 그건 어차피 여기 사람들 일이야."

아이는 창밖을 내다보다가 고개를 돌려 말했다.

"우리도 거기 가볼 거예요."

"어딜?"

"유골 나왔다는 데요."

"거길 너희들이 왜?"

"거기서 사람들이 데모하잖아요. 그 사람들 얘기도 들어보고……"

"그게 왜 궁금해?"

"우리도 궁금해요. 그리고 어차피 여기 왔는데 한번 가볼 수도 있죠."

"여행 왔잖아. 여행 왔으면 다른 델 가야지."

"그래도 갈 거예요. 치수하고 오면서 가기로 약속했어요."

아이는 통보하듯 말하고 창밖으로 고개를 돌렸다.

버스정류장에서 영남의 마을까지 가는 지방도로는 그야말로 뙤약볕 그대로였다. 길을 걷는 사람은 강주와 나뿐이었다. 그 길은 나쁜 기억을 떠올리게 했다. 아이와 나는 말없이 길을 걸었다. 마을 아래에서 다시 현수막을 만났다. 아이는 그 글귀들을 모두 읽고 다시 고개를 숙인 채 걸었다. 그때는 몰랐는데, 마을 어귀에 와서 아이가 몰래 소매로 눈물을 훔치는 걸 발견했다. 나는 걸음을 멈추고 아이를 돌려세웠다.

"현수막에 써놓은 글 때문에 그러는 거냐? 그런 얘기들은 하나도 들을 거 없어! 신경 쓰지 말라고 했잖아!"

내 말에 아이도 되받아 소리를 질렀다.

"그런 사람들은 우리 같은 사람은 무조건 싫어하잖아요. 잘못한 것도 없는데!"

"그래서 그런 덴 신경 쓰지 말라는 거야!"

아이는 삐죽 입을 내민 채 나를 외면하더니 혼잣말처럼 중얼거
렸다.

"벌레같이 본다고……"

나는 마음을 진정하고 말했다.

"저런 거 쓴 사람들은 우리 같은 사람을 싫어하는 게 아니라 외
지에서 데모하러 오는 사람들을 싫어하는 거다. 그 사람들은 올림
픽 공사로 사업을 하는 사람들이야. 돈을 벌려는 사람들이란 말이
다. 그래서 공사를 방해하는 사람들을 싫어해. 우리하고는 상관없
다. 북한이니 하는 말은 데모하는 사람들을 공격하려고 동원한 말
이야. 그런 말은 들을 필요가 없어. 우리 같은 사람을 싫어한다고?
싫어하고 싶으면 얼마든지 싫어하라고 해! 그게 뭐가 대단하다는
거냐!"

아이는 고개를 숙이고 있다가 다시 걷기 시작했다.

영남의 집에, 그와 곧잘 왕래한다는 모터사이클 가게 주인 남영
욱이 와 있었다. 평상에 그가 사왔다는 만두를 차려놓고 강주와 내
가 오기를 기다린 모양이었다. 마당 한쪽에는 한눈에 보아도 영남
의 것과는 격이 다른 고급 모터사이클 한대가 반짝거리며 서 있었
다. 치수는 거기에 정신이 팔려 강주와 내가 들어서도 쳐다보지도
않았다. 낡은 집과 대비되어 모터사이클은 더욱 두드러졌다. 나도
그 앞으로 가 이곳저곳을 살펴보았다.

"태생이 비싼 건 아니우. 때 빼고 광내서 그렇게 보이게 만든 거지."

남영욱이 뒤에서 소리치며 웃었다.

치수는 만두를 먹자고 불러도 그 모터사이클 안장에 올라간 채로 내려오려 하지 않았다. 사람들이 거듭 부르자 내려와서 남영욱에게 이것저것 캐물었다. 남영욱은 치수가 만두를 입에 넣고 우물거리는 틈을 타, 화제를 모터사이클에서 다른 곳으로 돌리곤 했다.

"난 숙주가 안 들어간 만두는 만두 같지가 않아. 김치만 욱여넣은 게 무슨 만두야? 안 그래요, 이 선생? 그리고 만두란 건 자고로 주먹만 해야지, 조막대기만 한 게 무슨 만두야? 송편이지. 그런 건 애들이나 먹으라고 만드는 거야."

그가 사온 것은 이북식 만두였다. 치수도 기회를 엿보다 다시 모터사이클 쪽으로 화제를 돌렸다.

"아저씨, 제일 빨리 달릴 때 얼마까지 달려봤어요?"

"백. 그 이상은 안 달려."

치수는 다시 영남에게 물었다.

"아저씨는요?"

"아저씨는 빨리 달릴 일이 없어. 천천히 몰고 다녀."

치수는 만두를 입에 넣고는 씹는 것도 잊은 채 모터사이클 앞을 어슬렁거렸다. 영남이 그걸 보고 웃음을 터뜨렸다.

"형님도 어릴 때 저렇지 않았습니까? 모터사이클만 보면 정신이 팔려서요."

남영욱은 손사래를 쳤다.

"무슨 소리! 난 저 나이 땐 공부만 했어. 모터사이클이 다 뭐야? 그런 건 양아치나 타고 다니는 거지. 오히려 그땐 음악에 미쳤었지. 그래서 음악다방 디제이까지 한 거야."

남영욱은 치수를 바라보고는 혀를 끌끌 찼다.

강주에게 방을 일러주고 나오니 치수가 아직도 남영욱 곁에서, 이번에는 부품 하나하나에 대해 묻고 있었다. 참다못한 남영욱이 자리에서 일어나 배를 두드리며 길게 한숨을 내쉬더니, 천천히 모터사이클로 걸어가 연장함에서 스패너를 꺼냈다.

"자, 이제부터 아저씨가 너희들에게 선물을 하나 줄 거다. 어린 손님들이 이 산골마을까지 왔는데 이 정도 보답은 해야지."

그러더니 스패너를 손바닥에 툭툭 쳤다.

"이 아저씨는 내일부터 여행을 떠나. 그러니까 이게 처음이자 마지막 써비스다. 아마 너희 인생에서도 처음이자 마지막일 거야. 그러니까 잘 봐야 돼."

상을 치우던 영남이 물었다.

"분해하시게요?"

"어허! 조용히 해! 김새게시리."

영남의 말에 솔깃한 치수가 손에 든 만두를 황급히 입에 집어넣고 모터사이클 앞으로 달려갔다.

"아니, 아니야. 관객들은 저만치!"

남영욱은 치수를 몇걸음 밖으로 내쫓았다.

그는 나사를 풀어 안장부터 바닥에 내려놓았다. 그리고 앞에서부터 바퀴를 하나씩 떼어냈는데, 그러자 폐가 같은 집에서 홀로 기품을 자랑하던 것이 흉측한 쇠붙이로 전락하기 시작했다. 모두 숨을 죽이고 지켜보았다. 다만 치수는 바퀴를 떼어냈을 때부터, 잔인한 학살을 지켜보듯 두 손으로 코와 입을 가리고 있었는데, 부품이 하나하나 바닥으로 내려가자 아예 "안돼, 안돼" 하면서 제자리에서 폴짝폴짝 뛰기 시작했다. 분해하던 남영욱이 그런 치수를 의아하게 바라보곤 했다. 치수는 마당 한쪽의 대추나무 아래로 들어가 지켜보았다. 그리고 남영욱이 부품을 하나하나 떼어놓을 때마다 얼굴에 핏기를 잃어가더니, 마침내 두 눈에서 눈물을 떨어뜨렸다. 남영욱이 연장을 놓고 멍하니 그쪽을 쳐다보았다. 강주가 다가가 치수의 등을 도닥였다.

"쟤, 왜 저래?"

남영욱이 목소리를 낮추어 물었다. 내가 나서서 괘념하지 말라는 뜻으로 손을 흔들었다. 곧 치수는 다시 가까이 다가왔다. 남영욱은 아이를 바라보다가 고개를 갸웃하더니, 놓았던 연장을 다시 집어들었다. 분해를 재개하자 다시 치수가 하얀 얼굴에 검은 바둑알처럼 박힌 두 눈을 동그랗게 뜨고 쳐다보았다. 부품들은 하나씩 땅으로 내려왔고, 채 이십분도 지나지 않아 사람들의 시선을 한 몸에 받으며 서 있던 것이 쇳덩어리들의 나열로 변모했다. 남영욱이 연장을 놓고 일어나자 모두 박수를 쳤고, 치수는 눈 아래 눈물 자국을 닦아냈다.

"아이고, 이제 고철 덩어리가 됐으니 어떡하나. 어떡할지 한번 생각해봐야겠다. 담배나 한대 피우지."

남영욱이 영남과 나를 집 밖으로 유도했다. 아이들은 쇳덩어리들 앞으로 다가갔다.

"쟤 왜 저러는 거요?"

남영욱이 내게 물었다.

"조울증이라는 병입니다."

"조울증?"

"예."

"감정이 왔다 갔다 춤추는 거?"

"예, 감정을 제대로 조절하지 못한답니다."

"아니, 어린애가 무슨…… 심해요?"

"보신 정돕니다."

"허…… 난 또 무슨 일인가 싶어 깜짝 놀랐네. 조울증이라…… 말만 들었지 실제 앓는 사람은 처음 봤어. 딱하네……"

남영욱은 열어놓은 대문 틈으로 치수를 물끄러미 쳐다보았다. 치수는 부품 하나를 들어 눈앞에서 쳐다보고 있었다.

"그나저나 어디 여행 가십니까?"

영남이 물었다.

"응, 친구 놈이 오래전부터 오라고 했는데 한번도 못 가서. 휴가 삼아 며칠 다녀올 작정이야. 이 동네 있어봐야 이래저래 꼴사나운 짓들만 볼 것 같고. 자네, 저 아래에 현수막 붙여놓은 거 봤나?"

"예."

"참 나, 동네 꼴이 말이 아니야. 노인네들을 데려다가 땡볕에 세워놓고 빨갱이들 물러가라고 하질 않나. 내가 그 꼴 보기 싫어서 떠나는 거야. 자네도 당분간 가게로 오지 마."

그는 얼굴을 찡그린 채 길게 담배연기를 내뱉었다.

"그러다 다시 잠잠하겠지요."

영남이 말했다.

"잠잠하긴 무슨…… 자네 오늘 신문 봤나?"

"오늘요? 무슨 기사가 또 났습니까?"

"어제 조간신문에 난 기사 알아?"

"예, 들었습니다. 미군 퇴역 장교 얘기 말이죠? 회고록에 전쟁 때 이 지역에서 민간인 학살이 있었다고 썼다던데요."

"응, 그거 말이야. 그게 오늘 아침 신문에 다시 났다구. 신문사에서들 당장 그 퇴역 중령인가 뭔가를 찾았나봐. 요즘 그런 거 하난 빠르잖아. 미국에서 직접 그 사람을 찾아서 취재한 모양인데, 그 장교란 사람, 파킨슨병인가 하는 걸 앓아서 정신이 좀 오락가락하더군. 회고록을 썼을 때야 멀쩡했겠지만."

"뭐랬습니까?"

"그런 일이 있었다고 증언했어. 말을 제대로 못해. 글로 써주면 마누라가 말로 옮기는 건데, 글을 쓰면서 눈물을 주르르 흘렸다는 거지. 눈물 흘리는 사진이 크게 났어."

"아니 그럼 미군이 저질렀다는 증거가 나온 겁니까?"

"아니지. 그렇다고 해서 그 사람이 말하는 사건이 지금 이 유골 사건인지는 확실치 않지. 기자가 위치를 물었는데, 병도 있고 나이도 들어서 위치는 뚜렷하지 않은 모양이야. 강원도는 맞다더군. 그 이상은 확신하지 못하는 거지."

남영욱은 마지막 한모금을 피우고 꽁초를 풀숲 멀리 던졌다.

"기자라는 놈도 선동하는 건지 뭔지, 눈물 흘리는 사진을 대문짝만 하게 내보낼 건 뭐야? 편드는 것도 아니고 말이야. 다들 엉망이야."

그는 팔짱을 끼고 아직 텅 비어 있는 마을을 내려다보았다.

"시위대 쪽에서 기세등등하겠군요."

영남이 말했다.

"기세가 등등하든 말든 이제 난 몰라. 이 꼴 저 꼴 다 안 볼 거니까. 참, 자네 그 연극은 어떻게 돼가나?"

"하고 있습니다. 연습도 하고."

"상황이 이런데 그런 걸 해서 되겠나? 지금 주민들 심사가 보통사나운 게 아니야."

영남은 대답하지 않았다.

"이럴 땐 잠시 상황을 지켜보는 게 좋아. 섣불리 뭘 하려다가는 오해만 받기 십상이지."

영남이 조용히 대답했다.

"누가 죽었느냐 하는 건 중요한 게 아닙니다, 이 연극에서는."

"그건 자네 생각이고. 아니, 그럼 미군이 죽었다고 연극을 할 작정인가?"

"결정 난 건 없습니다."

"안돼, 그건. 뜻이 아무리 좋다고 해도 그건 오해받을 일이야. 오늘 그런 기사가 났으니 이제 외지에서 사람들이 더 올 거 아닌가? 여기 사람들은 속이 부글부글 끓어. 한동안 잠잠하다 싶었는데 말이지. 그 사람들한테는 전쟁이 비극이라느니 희생자들의 영혼이 어떻다느니 하는 말은 씨알도 안 먹힐 소리야. 가만히 기다려. 모든 건 다 때가 있는 법이야."

영남은 조용한 마을만 내려다보았다.

"시위하는 사람들이 늘긴 하겠지요?"

내가 물었다.

"늘다 뿐입니까? 이 친구 말대로 아주 기세등등하겠지요. 한동안 다시 시끄러울 겁니다. 이런 때 오는 게 아닌데…… 동네 부끄러워서 말이에요."

그는 가볍게 한숨을 내쉬었다.

"그러니까 난 여행 타이밍을 아주 기가 막히게 잡은 거지. 난 이제부터 그냥 남해에 가서 발 뻗고 누워서 세상일 다 잊고 일광욕이나 할 거란 말이야. 영남이 자네 괜히 고래 싸움에 새우등 터지지 말고 조심해. 자, 들어갑시다. 이제 그런 얘기는 신물이 나요. 날도 더워 죽겠는데 말이야. 이봐, 뭐 막걸리라도 시원하게 넣어둔 거 없나?"

아이들은 여전히 쇳덩어리들 앞에 앉아 있었다. 치수는 남영욱을 기다렸던 듯 다시 다가가 부품에 대해 물었다. 남영욱은 치수를 상대하다가 영남이 막걸리를 내오자 아이를 피해 툇마루로 가 누웠다. 치수는 부품 앞을 떠나지 않았고, 남영욱은 막걸리를 몇잔 마시고는 누워 코를 골았다. 나도 아랫집 감나무 그늘이 드리운 평상에 누워 깜빡 잠이 들었다.

마을 아래쪽에서 올림픽 찬가 소리가 다가왔다. 아이들을 두고 밖으로 나가 마을 어귀 쪽을 내려다보니, 아침에 봤던 승합차들이 도착하고 있었다. 정장 입은 청년들은 아침에 데리고 갈 때와 같이 깍듯한 예의를 갖추어 노인들을 배웅했다. 그 모습이 마치 엄격한 규율을 지키는 노인 요양기관의 직원들 같았고, 그 더위에 서 있기가 보통 일이 아니었을 텐데도 노인들은 흐뭇한 웃음을 지으며 올라왔다.

"아침에도 저렇게 데려갔나?"

남영욱이 영남에게 물었다. 영남이 그렇다고 대답했다.

올림픽 찬가가 몇번 되풀이되었다. 노인들을 배웅한 청년들이 재빨리 승합차로 돌아가자, 올림픽 찬가는 시내 쪽으로 사라졌다.

"쇼를 하는군, 쇼를…… 일주일이면 되려나, 저 꼴 안 보는 데."

남영욱이 혀를 차더니 진저리가 난다는 듯 곧바로 돌아서서 안으로 들어갔다.

아이들에게 올림픽 찬가 따위는 들리지 않는 모양이었다. 안으로 들어가자 곧바로 치수가 달려왔다.

"아저씨, 조립은 언제 할 거예요?"

"조립? 옳거니! 좋다, 한번 시작해보자. 이걸 그냥 이대로 둘 수야 없지. 자, 근데 조립을 하긴 하겠는데 이놈이 움직이긴 할까 모르겠네. 움직여야 아저씨도 집에 갈 수 있는데 말이야. 안 움직이면 집에도 못 가. 여기서 자야 돼."

남영욱은 다시 연장함을 열었다.

모두 열심히 조립을 지켜보았다. 조립은 분해보다 시간이 더 걸렸지만, 점점 모습을 갖추어가는 일이라 훨씬 흥미로웠다. 치수는 내내 뚫어져라 쳐다보았다. 나 또한 시선을 뗄 수 없었다. 이윽고 바퀴를 매달자 누워 있던 몸체가 일어났다. 그리고 마침내 조립을 마치자, 누가 먼저랄 것 없이 일어나 일제히 박수갈채를 보냈다.

"아직, 아직! 움직이는지 봐야지!"

다시 모두 숨을 죽이고 기다렸다. 남영욱이 안장에 올라 시동을 걸고 힘차게 페달을 밟자, 조금 전만 해도 땅바닥에 널브러져 있던 쇳덩어리들이 일제히 질서 있게 몸을 떨었고, 남영욱이 모는 대로 집 밖으로 나갔다 돌아와 섰을 때는 힘센 종마 같은 본래의 위용을 갖춘 모습이었다. 치수가 그 모습을 보며 만세를 부르는 통에 모두 한바탕 웃음을 터뜨렸다.

저녁은 이르게 준비했다. 전날처럼 밭에서 채소를 뽑아 씻고, 아이들을 위해 남겨두었던 닭 세마리를 삶았다. 아이들 소리 덕에 폐가 같던 집이 숨을 쉬며 살아나는 듯했다. 오랜만에 집이 북적거리자 영남의 목소리에도 들뜬 기색이 역력했다. 내가 아이들에게 자급자족 방식에 따라 할 일을 나눠주라고 하자, 그는 자급자족의 요

점은 소량을 생산하고 소량을 소비하는 것이라며 일손을 사양했다. 아이들에게는 여행지에서 제대로 차린 첫 밥상인데다 남영욱의 분해 조립 시범에 들뜬 탓인지, 모두들 닭 세 마리를 순식간에 뼈만 남겼다. 식사 뒤에도 치수는 모터사이클 분해 조립 시범에서 비롯한 조증의 활력을 이기지 못하고 모터사이클 주위만 얼쩡거리더니, 결국 남영욱의 가게에 가 다른 모터사이클들을 구경하게 해달라고 조르기 시작했다. 내가 말렸지만 남영욱은 어차피 다음 날부터 휴가인데다 귀한 손님의 요청이라며 흔쾌히 허락했다. 그 댓가로 치수가 설거지를 맡았다. 남영욱의 모터사이클 뒷좌석은 두 아이를 거뜬히 태울 수 있었고, 이윽고 모터사이클이 아이들을 태우고 나가자 다시 집은 전날처럼 고즈넉했다.

"아이들 목소리를 들으니까 그래도 살 것 같군."

영남이 숭늉을 끓여 평상으로 나왔다.

"강주 마지막으로 본 게 동백이 장례 치르고 나서지. 일년도 안됐는데 많이 컸어. 그때만 해도 아직 어린애 티가 남아 있었는데……"

"그러던 녀석이 요즘은 뭐든 반항이네. 대하기가 여간 까다로운 게 아니야. 아까 버스에서는 유골 출토지에 가겠다더군."

"거길 왜?"

"가서 데모하는 사람들 얘기를 들어보겠다는 거야. 말하는 투도 일방적이네. 통보하는 식이지."

"허, 그래서 가라고 했나?"

"그게 다 나한테 허락받고 가진 않겠다는 말이네. 자네 생각은 어떤가? 애들이 가도 위험하지 않겠나?"

"위험할 거야 없지. 어차피 쇼나 다름없는데. 그래도 모처럼 여길 와서 왜 하필 그런 델 가나, 산천을 돌아다녀도 시원치 않을 판에."

"내버려둬도 되겠지?"

"내버려두지 뭐, 위험한 건 없으니까. 그리고 시위라고 해봐야 연극처럼 잠깐 하고 그치는 건데, 애들이 보기에 재미있을 것도 없을 거야. 시시해서 금방 돌아서겠지."

"그 사람들 얘기를 들어보겠다는 거지."

"그 사람들이 애들 붙잡고 그런 얘기나 하고 있겠나? 소식지나 얻어 보겠지."

그런 얘기를 하는 중에 전날 봤던 연출자가 손에 신문 뭉치를 들고 들어왔다. 전날 그랬던 것처럼, 그는 들어오자마자 중처럼 짧게 깎은 머리를 손으로 쓸며 인사했다. 나는 방으로 들어가 두사람에게 자리를 내어주었다. 연극 때문에 다시 온 듯했다. 두사람의 이야기가 열어놓은 창을 통해 방까지 흘러들어왔다.

연출자는 연극을 잠정적으로 중단하자고 했다. 남영욱이 말했던 조간신문 기사 때문이었다.

"어느 쪽으로든 결론이 나야 할 수 있겠지요. 지금 같은 때에 섣부르게 나서서 사람들에게 참회를 말할 수야 없지요."

"언제까지 중단하자는 겁니까?"

영남의 목소리는 낮고 신중했다.

"좀 지켜봐야겠지요. 최소한 어느 쪽이 저질렀는지라도 확실해야 대본을 확정하지요."

한동안 둘은 말이 없었다. 그러다 영남이 말했다.

"진실은 이미 밝혀졌잖습니까. 인민군이 죽였다고요."

"아니, 왜 자꾸 같은 말을 되풀이하십니까? 지금은 미군이 죽였다고 믿는 사람이 더 많아요. 정부 발표를 믿는 사람은 전국에서 이 지역 사람들밖에 없어요."

"어쨌든 그런 건 상관하지 않기로 했잖습니까."

영남의 목소리가 조금씩 높아갔다.

"강 형 말이 맞습니다. 우리에게야 상관없지요. 하지만 현실적으로 생각해보세요. 연극을 하려면 우선 대본이 있어야 하고, 배우도 있어야 합니다. 관객도 있어야지요! 제가 배우들에게 물어봤습니다. 미군 쪽 소행으로 대본을 바꾸면 출연하겠느냐고요. 모두들 싫다는 거예요. 다 이 지역 주민들인데 그렇지 않겠습니까? 설사 미군이 저질렀다는 확실한 증거가 나온다 하더라도 그런 내용으로는 안하겠다는 거지요. 그런 상황인데 어떻게 연극을 하겠습니까? 미군이 저지른 걸로 하면 적어도 이 지역에서는 보러 올 사람도 없을 겁니다. 자, 대본도 확정할 수가 없고, 배우도 없고 관객도 없습니다. 그런데 무슨 수로 연극을 하겠습니까?"

"대체 언제까지 기다리자는 말입니까?"

"좀더 확실해질 때까지 기다리자는 얘기지요. 미군이 저질렀다는 증거가 확실해도, 이 지역 주민들이 그걸 받아들이는 데는 또 시간이 걸려요. 최소한 선수촌 아파트가 제대로 완공되고 자기네 이익에 아무런 지장이 없다는 게 보장돼야, 그걸 역사적 사실로 받아들이고 희생자들도 추모해야겠다는 마음이 나겠지요."

"아니, 그럼 선수촌이 완공될 때까지 미루자는 겁니까?"

영남의 목소리는 흥분해 있었다.

"예를 들면 그렇다는 거지요. 제 말은 좀더 지켜보자는 겁니다. 상황이 어떻게 될지 모르잖아요."

둘은 다시 잠시 말이 없었다. 영남이 나직이 물었다.

"혹시 그 협회 사람들 때문에 그러는 겁니까?"

그러자 연출자도 목소리를 높였다.

"아니, 무슨 말씀을 그렇게 하십니까? 그 사람들하고는 아무 상관이 없습니다. 얘기 안했지만, 사실 그 사람들 오늘 또 전화를 걸어왔어요. 아침에 다시 기사가 나서 그러는 겁니다. 오늘은 아예 전화에서 대뜸 올림픽을 찬성하느냐 반대하느냐 하고 묻더군요. 그게 무슨 소리냐고 물었더니, 올림픽을 찬성하는 사람은 애국자고 반대하는 자들은 매국노라는 거예요. 허 참, 기가 막혀서…… 대꾸도 안하고 끊었는데, 가만 생각해보니 그럴 일만도 아니라는 생각이 들었어요. 이 지역 민심이 그만큼 불안하다는 뜻 아니겠어요? 그래도 강 형, 저는 그런 사람들이 협박을 한다고 연극을 그만두거나 하지는 않습니다. 행여 오해하지 마세요. 저도 이 연극 해오면서 궂은일이라면 겪을 만큼 겪어본 사람입니다."

영남은 아무 말이 없었다.

"좀더 지켜봅시다. 어쨌든 지금은 여러모로 시기가 좋지 않아요. 인민군이 저질렀다고 하는 대본으로도 하지 않겠다는 사람도 있어요. 괜한 일에 휘말리는 게 싫다고."

영남이 가다듬은 목소리로 말했다.

"연출자 선생, 제가 보기에 유골 문제에는 진실이란 없습니다. 선생도 말했잖습니까? 진실은 죽음뿐이라고요."

"그 뜻은 변함없습니다."

"어느 쪽이 죽였느냐 하는 건 진실이 아니라 이익 문젭니다."

"강 형 말이 맞습니다. 그래도 지금은 할 수 없습니다. 어쨌든 연극은 하기 어려워요. 아무도 안 나서는 연극을 강 형하고 저만 하겠어요?"

"차라리 아예 국적을 없애는 건 어떻습니까? 무국적의 사람들이 학살을 저지르는 것으로요. 그러면 사람들이 참회라는 뜻을 이해하지 않겠습니까?"

"하하하, 강 형, 부디 좀 기다려주세요. 저는 종교 연극을 하자는 게 아닙니다. 현실의 일을 얘기하는 거예요. 그리고 최소한 배우들이라도 있어야지요. 이렇게 말하는 저라고 속이 편한 줄 아십니까? 안타깝기는 저도 마찬가집니다."

연출자는 달래듯 몇마디 덧붙이고 자리에서 일어났다. 연출자가 간 뒤에도 마당은 조용했다. 밖으로 나가니 영남이 평상에 그대로 앉아 어두운 마당을 내다보고 있었다.

"연극이 잘 안될 것 같나?"

나는 그의 곁에 다가가 앉았다. 그는 마당만 바라보았다.

"듣자 하니 그만두자는 건 아닌 것 같던데……"

내가 말하자 그는 가만히 고개를 숙였다.

"그만두겠다는 거나 다름없네. 그보다는 그 사람 얘기가 자꾸 달라진다는 게 문제야. 우린 처음부터 상황은 고려하지 않을 작정이었어. 나하고 얘기할 때만 해도 이 사태의 유일한 진실은 유골, 그러니까 사람들의 죽음밖에는 없다고 했었단 말이지. 그게 진실이기 때문에 미군이 죽었든 인민군이 죽었든 상관이 없었던 거지. 그러던 사람이 이제 와서 딴소리를 하기 시작하는 거네."

"그 사람 말도 일리가 있는 거 아닌가? 뜻이야 그렇다 하더라도 현실적으로 어려운 거야 사실 아닌가?"

영남은 다시 마당 어두운 곳을 노려보았다.

"난 달라진 게 없다고 보네. 배우들이 없다고? 그런 거야 새롭게 방법을 찾으면 될 문제지, 연극 자체를 미룰 문제는 아니야."

그리고 확신하듯 다시 말했다.

"어차피 그 사람은 언제든지 그만둘 수 있는 사람이었네. 나와는 처지가 달라."

"그건 무슨 말인가?"

"그 사람은 참회 없이도 살아갈 수 있는 사람이네. 그 사람은 참회하려는 사람이 아니라 참회연극을 하려는 사람이야. 나는 참회하지 않으면 살아갈 수 없는 사람이네. 어떻게 둘이 똑같겠나?"

"그럼 어떡하겠다는 건가? 연극을 하겠다는 건가?"

"해야 하네."

"무슨 수로?"

그는 대답하지 않았다.

"자네가 연극을 떠맡기라도 하겠다는 소린가?"

그는 마당의 어둠을 바라보며 꼼짝도 하지 않았다. 그리고 고개를 돌려 나를 똑바로 쳐다보았는데, 그것은 우리 사이에서만 통하는 말을 하겠다는 뜻이었다.

"안될 것도 없잖나?"

그것은 개를 안고 달리다 마주쳤을 때 나를 바라보던 동백의 눈빛과 다름없었다. 나는 마치 그가 내게 허락을 구하기라도 한 것처럼 거절했다.

"안돼. 위험한 짓이야. 우린 이 사회에서 이방인이네. 여기 사람들도 망설이는 짓을 우리가 어떻게 하겠다고 나선다는 건가? 게다가 그 일이 보통 일인가? 노인들을 데려다 궐기대회까지 하고 있는 일이야. 우리가 나설 일은 아니네."

그는 실망했다는 듯 나를 바라보았다.

"자네까지 그런 말을 하면 곤란해. 우린 그 사람들과 같이 생각해선 안돼."

"그럼 한가지만 물어보지. 그럼 대본을 미군이 저질렀다고 고칠 셈인가?"

"그건 중요한 게 아니네. 내가 몇번을 말해야 알아듣나!"

그가 소리쳤다.

"현실적으로 생각해야 한다는 건 그만큼 위험하단 말이야. 사람들 말을 무시하지 말게."

내가 말하자 그는 벌떡 일어나더니 나를 향해 소리쳤다.

"위험? 자네, 언제부터 그렇게 안전하게 살았나? 위험하다니, 내가 사람들에게 몰매라도 맞을 것 같은가? 협회라는 자들에게 당할까봐? 식구들 내팽개치고 생사도 모르고 사는 놈이 그런 게 무서워서 안전하게 살겠다는 게 말이나 되나?"

그는 곧바로 방으로 들어가더니 세게 문을 닫았다.

그뒤로 그는 밖으로 나오지 않았다. 방에는 불이 켜져 있었지만 안에서는 아무 소리도 나지 않았다. 아이들은 남영욱의 모터사이클을 타고 밤이 늦어서야 집으로 돌아왔다. 전조등을 밝히고 올라온 모터사이클은 낮에 보던 것과 달리 어두우면서도 웅장한 멋을 풍겨, 다시 치수가 들뜰 만했다. 아이들은 여행 계획을 다시 짜야 한다며 곧바로 방으로 들어갔다.

내가 먼저 잠자리에 들었고, 영남은 혼자 마당에 나가 있다가 늦어서야 방으로 돌아왔다. 새벽에는 다시 체조하는 소리를 들었다. 나는 밖을 내다보지 않았다. 어둠속의 그 고독과 아집이 싫었다. 대신 어두운 천장을 바라보았다. 나는 어디에 있는가? 그에게 위험한 짓을 하지 말라고 충고했지만, 한편으로 나는 그의 의지가 부러웠다. 딸린 식구가 있는 쪽은 나였지만, 나는 개를 훔치지도 않았고, 연극을 시도하지도 않는다. 그런 삶을 최선으로 받아들였다. 그러면서도 강주에게는 그런 말을 하지 않는다. 내가 삶을 부끄러워한다는 걸 알아서는 안되니까. 그 아이는 삶을 부끄러워해서는 안되니까.

집으로 돌아가면 다시 한낮에 시내의 골목으로 나가 줄 것이다. 그것이 죽은 자들을 지키는 묘지기의 삶이다. 하지만 돌아오는 길에 내 그림자 앞에 멈춰섰을 때, 나는 그런 나 자신을 부끄러워할 것이 틀림없다. 나는 고통 속에 일어나 밖을 내다보았다.

너의 진실

아이들은 전날 남영욱이 권했다는 유원지로 떠나기 위해 아침부터 나들이 채비를 차렸다. 아침식사 중에 다시 멀리서 올림픽 찬가가 다가왔다. 그 소리는 앞으로도 날마다 노인들의 웃음을 실어 가겠다는 뜻인 듯했고, 영남과 나는 식사를 하며 그 소리를 무시했다. 아이들은 전날 오후에도 들었던 그 소리를 대수로이 여기지 않았다.

아이들이 나간 뒤 혼자 뒷산에 올라 마을을 내려다보니 매미 울음만 가득했다. 텅 빈 마을을 향해 귀가 따갑게 맹목적으로 울어대는 소리가 공허하기 이를 데 없었다.

집으로 내려가니 영남이 방에서 앉은뱅이책상을 끌어다놓고 뭔가 적고 있었다. 내가 들어오는 소리를 들었을 텐데 기척도 내지 않는 것이 나를 외면하려는 듯했다. 숙인 머리 곁에 있는 것은 연극 대본이었다. 그것을 공책에 옮겨적고 있는 것이었다.

그 모습이 고집스럽게 울어대던 매미 같아, 그를 피해 채소밭에 물을 주고 집 주변을 청소했다. 그동안에도 그는 나와 절연하기라도 한 것처럼 말없이 연필만 놀리고 있었다.

"너무 가물군. 하늘까지 작정을 했나봐."

툇마루에 앉아 일부러 크게 소리 내어 말했다. 실제로 날은 오전에 이미 무더웠다. 비가 오지 않은 지 열흘은 된 듯했다.

"뭘 하는 건가? 아침부터."

방 안의 그를 향해 다시 물었다. 그는 못 들은 것처럼 고개만 숙이고 있다가 가볍게 한숨을 내쉬고 상체를 일으켜 옮겨적은 것을 내려다보더니, 적고 있던 공책을 내 앞으로 던졌다.

"대본을 고치고 있어."

나는 공책을 펼치지 않았다.

"배우가 없는 게 가장 큰 문제더군. 밤에 여러 생각을 해봤네. 그랬더니 아무래도 시위대 사람들과 얘기해보는 게 가장 낫겠더란 말이야. 시위대에는 가면 쓰고 연기하던 사람들도 있었잖아. 그 사람들을 만나보는 게 어떨까 싶네. 그런 쪽으로는 경험이 있는 사람들일 테니까."

하지만 나를 똑바로 쳐다보지는 않았다.

"대체 무슨 말을 하고 있는 건가?"

그는 대답하지 않았다.

"그럼 이때껏 대본을 미군 범죄 쪽으로 고치고 있었단 말인가?"

"얘길 하려면 뭐라도 들고 가야 하지 않겠나?"

그는 내 시선을 피해 몸을 반쯤 돌려 앉아서는, 피아노를 치듯 손가락으로 앉은뱅이책상을 두들겼다. 내 앞에 던진 공책의 표지에 기린, 코끼리, 다람쥐가 아이와 함께 소풍을 떠나며 한 팔을 치켜들고 있었다. 고개를 돌려 마당을 보니 빛이 눈부셨다.

"세상이 어떻게 되든 연극만 하면 그뿐이라는 얘기군."

그는 그 말을 예상했다는 듯 재빠르게 반문했다.

"뭐가 문젠가?"

"내가 여기 온 날, 자네 입으로 그 사람들은 이 지역에서 눈엣가시 같은 존재라고 했어. 그런 사람들하고 연극을 해서 어떡하겠다는 건가? 그 사람들은 떠날 사람들이지만, 자넨 여기 살 사람 아닌가?"

"그것도 생각해봤네. 곰곰이 생각했더니 굳이 이 지역 사람들을 상대로 연극을 할 필요는 없더군. 무대까지 시위대로 옮기면 모든 게 간단하더란 말이지. 배우도 있고 무대도 있고 관객도 생기는 거지. 그 사람들이 배우도 되고 관객도 되는 거네. 게다가 그 협회라는 자들도 시위대는 어쩌지 못하잖나? 기껏해야 힘없는 노인들을 땡볕에 세워두는 정도지."

"자네 애초에 그 사람들에게 냉소적이지 않았나?"

"냉소적이었다고? 그게 무슨 상관인가? 그 사람들도 다 똑같은 사람이야. 내가 바라보고 있는 건 희생자들의 죽음이네. 죽음 앞에서 사람들은 다 비슷한 거야. 생각의 차이 같은 건 사소한 거지. 안 그런가? 참회란 게 그런 거야. 사람을 평등하고 진실하게 해준단 말이네. 같이 연극을 만들다보면 그 사람들도 이 사태에서 찾아야 할 진실은 참회라는 걸 알게 될 거야. 이 지역 주민들하고 다를 게 없는 거지."

그 말은 내게, 그가 자신만의 고립된 세계에 갇혀 있다는 인상만 더해주었다.

"난 상관 않겠네. 자네 말대로 나야 여기 쉬러 온 거지 그런 데 관여하려고 온 건 아니야. 하지만 친구로서 한마디 하지 않을 수 없네. 자넨 지금 기름을 안고 불에 뛰어드는 격이야. 그걸 몰라서 하는 건가? 자네, 동백이가 개를 훔치던 일 기억하나?"

그는 무안당한 아이처럼 얼굴이 굳어 나를 외면했다.

"알았네. 생각이 있어서 하는 일이겠지. 위험하다느니 하는 말도 하지 않겠네. 듣기 싫을 테니."

그러자 그는 내게 호소하듯 말했다.

"이제 연극을 하려는 사람은 나 하나뿐이야. 어느 누가 나 같은 홀아비 탈북자한테 관심을 두겠나? 연극을 한다고 해봐야 조용하고 작은 연극이 될 걸세."

그런 말투가 다시 불쾌하게 했다.

"마음대로 해. 난 상관 안할 테니."

그러자 그는 내 쪽으로 던졌던 공책을 주워 다시 책상으로 몸을 기울였다. 나는 뒷마당으로 가 그를 피했다.

해가 뜨겁게 떠올랐을 때, 그가 공책과 대본을 둘둘 말아쥐고 집을 나섰다.

"미안하네. 점심은 혼자 해야겠어. 늦지 않을 테니 애들 돌아오면 어디 외출이라도 하게."

그리고 황급히 모터사이클을 몰아 마을을 내려갔다.

얼마 지나지 않아 텅 비었던 마을로 노인들이 돌아왔다. 전날보다 일찍 돌아온 것이, 아무리 천막 아래라고 해도 그 땡볕을 견딜 수는 없었던 듯했다. 그럼에도 노인들은 예의 그 흐뭇한 웃음을 지으며 올라왔다. 그 모습이 전날부터 한결같아 어딘가 모르게 께름칙하고 보기 흉했다.

아침마다 청년들을 독려해 올림픽 찬가를 틀어놓은 승합차에 태워 내보내는 사람들을 떠올려보았다. 그들은 어떤 자들인가? 그들은 이익이라는 단순하고 확고한 목표 아래 있어, 자신의 일에 확신을 갖고 열정적일 것이다. 아침에 청년들을 내보낸 뒤, 조간신문을 비롯해 여러 언론보도를 점검하고, 역 광장이나 출토지, 현수막을 걸어놓은 거리로 나가 둘러볼 것이다. 그들은 자신의 욕망이 정당하다고 확신할 것이고, 그리하여 사람에 대해서는 몰인정할 것이다.

하지만 그렇다 하더라도, 저 마을 노인들은 올림픽 찬가나 정장 입은 청년들의 어색한 예절이라는 것이 우스꽝스러운 무대장치에 불과하다는 걸 정녕 모르는 걸까? 실제로 돈 몇푼에 매수되어, 우스꽝스러움을 참으면서도 그 안으로 들어가 광대가 되려는 걸까?

그 웃음은 우스꽝스러움을 참으려는 마음에서 나오는 것일까?

아이들은 볕이 가장 뜨거울 때 집으로 돌아왔다. 유원지에서 즐거웠던 듯, 조증에 머물러 추락할 줄 모르는 감정으로 치수는 들어오자마자 다시 남영욱의 가게에 가겠다고 나섰고, 그가 휴가를 떠났다는 걸 기억해내고는 크게 실망했다.

영남은 해가 산을 넘어갈 무렵 돌아왔다. 그는 대학생으로 보이는 남녀 한쌍을 데리고 들어왔다. 영남은 마치 자신이 그 두사람의 선배인 듯, 그리하여 두 후배를 소개하게 되어 기쁘다는 듯 만면에 웃음을 머금고 있었다.

"자, 인사하지. 여긴 오늘부터 최영진 씨 댁에서 묵기로 한 대학생들이네. 출토지에 갔더니 최영진 씨가 있더구먼. 그 양반이 이 친구들을 재워주기로 했네. 시위야 어차피 하루 이틀 걸릴 일이 아니잖아? 이렇게 서로서로 편의를 봐주면 좋은 일이지. 어쨌든 인사하게. 이쪽은 한상원 씨, 이쪽은 배영주 씨. 인사해요. 이쪽은 내가 말했던 친구 이원길."

대학생들과 나는 인사를 나누었다. 남학생 한상원은 초면임에도 익히 아는 바가 있다는 듯 활짝 웃어 친근감을 드러냈다. 나는 그들과의 대면이 불편했다. 학생들을 왜 집까지 데려왔을까? 불편함 때문인지, 나는 한상원이라는 남학생의 친근감이, 미군이 저지른 학살이라는 데 동의하는 사람들 사이의 연대감에서 나온 것은 아닌가 하는 생각마저 해보았다.

"연극 때문에 오신 건가?"

내가 물었다.

"응, 오늘 생각보다 많은 사람들을 만났네. 사실 나도 이렇게 일이 쉽게 풀릴 줄은 몰랐어."

영남의 말투는 내가 그 연극을 반대했다는 사실은 완전히 무시한 것이었다.

"다들 연극 취지가 좋다는 걸세. 정말이야. 이런 반응일 줄은 정말 몰랐지. 그리고 알고 보니 그쪽에서도 문화행사를 계획하고 있었네. 요즘 외지에서 사람들이 꽤 많이 오고 있는데, 그중에 음악가나 화가, 사진작가 같은 사람들도 많다는 거지. 그런 사람들과 행사를 계획하는 모양인데, 거기에서 같이 해보는 건 어떠냐는 얘기까지 나왔어, 하하. 물론 아직 결정 난 건 아니야. 이제 얘기를 시작했으니 앞으로 더 해봐야지. 그래서 우선 이 두분하고 대본도 손보고 연습 계획도 짜보기로 했네. 나야 꼭 그런 큰 무대에서 하지 않더라도 상관없지. 할 수 있다는 것만으로도 고마운 일이니까. 어쨌든 내일 저녁부터 한두시간씩 짬을 낼 참이네. 그리고 이분들 말이야, 내가 짐작했던 대로 프로나 다름없어. 자네도 봤잖아? 시위대 뒤쪽에서 분장행렬을 했던 사람들 말이야. 바로 이 배영주 씨가 아낙으로 분장했고, 한상원 씨가 농부로 분장했던 거지. 난 연기는 이 두분들에게 배울 생각이네."

그러자 한상원이 손사래를 치며 나섰다.

"아닙니다! 전 연기 같은 건 모릅니다. 전 그냥 연극의 취지가 너무 좋아서 같이 하겠다고 한 거예요. 사실 지금 상황이 그렇잖아요.

정부가 자꾸 진실을 감추니까 사람들은 참을 수가 없는 거지요. 하지만 진실을 드러내는 것으로 끝낼 수는 없죠. 강 선생님 말대로 결국 역사에 대해 참회하고 반성해야 하겠죠. 그동안 저도 여러가지 생각이 많았는데, 강 선생님 얘기 듣고 오늘 깨달은 바가 많았습니다. 결국 해야 할 게 그거라는 걸요."

이번에는 영남이 손사래를 쳤다.

"아니, 아니에요. 저야말로 저 같은 사람 얘기를 들어줘서 참으로 감사했지요. 어쨌든 앞으로 잘해봅시다. 좋은 동료를 얻어서 든든합니다. 그리고 연기를 한수 가르쳐줘야 할 거예요."

다시 한상원이 고개를 저었다.

"아닙니다. 연기라니요. 전 무대에 올라가본 적도 없습니다. 오히려 기회가 되면 한번 배워보고 싶다는 생각은 했었죠. 꿈이었습니다. 어쩌면 그 꿈이 이번에 이루어질지도 모르겠네요."

"어쨌든 의욕도 나고 기분도 좋습니다. 연기를 가르칠 수 있는 사람이 누군지는 하다보면 알게 되겠지요. 자, 피곤할 텐데 얘기가 길었네요. 이제 내려가 쉬시지요."

두 학생은 내게 허리를 굽혀 인사했다. 그리고 집을 나설 때 평상에 앉아 있던 치수와 강주에게도 인사를 건넸는데, 둘이 나가자 곧바로 치수가 영남에게 달려갔다.

"아저씨 연극해요?"

"응."

"무슨 연극인데요?"

영남은 나를 보고 웃다가 대답했다.

"너, 여기 가까운 데서 전쟁 때 유골 나온 거 알지?"

"알죠."

"그 사람들이 얼마나 억울하겠어? 아무 잘못도 없이 죽었는데, 여태껏 땅속에 묻혀 있는 걸 아무도 몰랐단 말이야. 전쟁 땐 그렇게 죽은 사람이 많았다. 아저씨가 하는 연극은 그런 사람들을 위로하고 다시 그런 일이 일어나지 않기를 비는 거야."

"좋은 연극이네요."

"그럼, 좋은 연극이지."

"언제요? 어디서 해요?"

"그건 아직 모른다. 연습을 해봐야 알아."

치수가 곁에 다가온 강주에게 속삭였다.

"우리도 끼워달라고 할까?"

나는 강주가 대답하기도 전에 나서서 아이들을 영남에게서 떼어놓았다. 아이들이 입을 비쭉거리며 돌아섰다.

영남의 방식에 따라 저녁은 채소 한광주리를 따다 된장만 곁들여 먹었다. 시원한 저녁에 평상에 앉아 먹는 식사여서인지 불평하는 사람 없이 모두 한그릇씩 거뜬히 비웠다. 식사 뒤에 아이들과 설거지 순번을 정해 그 저녁은 어른들이 맡기로 했다.

영남이 상을 치우고 내가 부엌에서 그릇을 씻었다. 그는 연극 일이 순조로웠던 데 크게 고무된 듯 그릇을 나를 때 콧노래까지 흥얼거렸다. 설거지를 마친 뒤에 그는 방으로 들어가 책상을 끌어다놓고 대본을 손보기 시작했고, 한동안 방에 들어가 있던 아이들은 작심한 표정으로 나와 아침에 유골 출토지에 가겠다고 말했다. 버스에서는 통보하듯 했지만, 아무래도 내 반대가 염려스러웠는지 강주는 치수를 앞세우고 서서 조바심 어린 얼굴로 대답을 기다렸다. 못 가게 한다고 받아들일 것 같지도 않아서 나는 시위현장에 가까이 가지 말라는 주의만 주었다.

마을 아래쪽 먼 곳에서 모터사이클 소리가 정적을 가르며 올라왔다. 노인들만 사는 마을이라 무의식중에 그 소리에 귀를 기울이고 있었는데, 뜻밖에도 그 소리는 영남의 집 앞에 도달해 멈추었다. 모터사이클 소리에 호기심이 난 치수가 밖으로 뛰어나가 내다보았다. 치수는 대문을 쥐고 서서, 나가지도 들어오지도 않은 채 그대로 서 있었다.

집 앞 가로등 아래 세워놓은 두대의 모터사이클 곁에, 콧수염을 기른 중년남자와 더운 날씨에도 가죽점퍼로 멋을 부린 청년이 서 있었다. 집 안에서 나온 영남이 다가가자 중년남자도 영남에게 다가왔다.

"당신이 북한에서 왔다는 강 씨요?"

"그렇습니다만."

중년남자는 영남을 심사하듯 아래위로 무례하게 훑어보더니, 끼고 있던 가죽장갑을 벗어 모터사이클 안장에 올려놓고 돌아왔다.

"하나 물어보려고 왔소. 북한에서 여기까진 왜 왔소?"

나는 치수와 강주를 안으로 들여보냈다. 가죽점퍼 청년은 모터

사이클에 기대 중년남자와 영남을 쳐다보았다. 영남은 대답하지
않았다.

"남의 나라까지 애써 왔으면 이유가 있을 거 아니오. 굶어 죽지
않으려고 왔다거나, 돈 벌려고 왔다거나."

잠시 침묵이 흘렀다. 영남이 조용한 목소리로 물었다.

"용건이 뭡니까?"

"물었잖아. 물었으면 대답을 해야지."

영남은 곧바로 몸을 돌려 집으로 들어가려 했다. 중년남자가 영
남의 어깨를 잡아 돌려세웠다.

"사람 말이 말 같지 않은 모양이구먼."

영남은 그를 노려보았다.

"용건부터 말하시오."

"남의 나라에 빌붙어 살면 먹고살 궁리나 잘하라고 가르쳐주려
고 왔다."

영남은 다시 돌아서려 했고, 남자는 다시 힘으로 돌려세웠다.

"돌아가시오."

영남이 말하자, 남자는 가소롭다는 듯 한숨을 내쉬고 영남 너머
집을 바라보았다.

"이 집은 어떻게 얻었어? 집 주인이 거저 준 거라고 하던데?"

영남에 대해 조사했다는 뜻이었다.

"누구시오?"

영남이 물었다.

"이봐, 집도 공짜로 얻어야 될 처지면 열심히 일해서 살아볼 궁리를 해야지, 왜 엉뚱한 짓을 하고 다녀?"

"누구냐고 묻잖소!"

영남이 소리치자 그는 영남의 면전으로 다가가 노려보았다.

"네가 그런 걸 알아서 뭐해?"

그리고 잡아먹을 듯이 계속 쏘아보았다.

"이 마을 노인들 데려가던 사람이오?"

영남이 시선에 맞서며 물었다. 남자는 싱겁다는 듯 콧방귀를 뀌었다.

"눈치는 있구면."

그리고 영남의 앞에서 천천히 몇걸음 걸어다녔다.

"자, 얘기 좀 해봅시다."

그가 멈춰서서 말했다.

"무슨 얘길 말이오?"

"왜 여기 와서 사람들을 선동하고 다니는지."

"선동하다니, 무슨 말이오? 난 그런 적 없소."

"없어? 당신 지금 미군이 저지른 범죄라고 사람들 선동하고 다니잖아. 우리가 모를 줄 알아?"

"난 그런 적 없소."

"없어?"

그는 다시 다가가 영남의 면전에 얼굴을 드밀었다.

"미군이 저지른 짓이라고 연극을 만든다며? 아니야? 그게 선동이 아니고 뭐야? 세상에 있지도 않은 일을 지어내서 떠들고 다니는 게 선동이 아니고 뭐냐고. 네놈들 그런 거 잘하잖아.”

시위대 쪽 일은 소상히 아는 모양이었다. 그것이 놀라웠다. 영남도 놀란 듯 더 따지지 않고 노려보기만 했다.

“말을 해봐, 말을. 왜 없는 얘길 지어내서 사람들을 선동하고 다녀?”

영남은 대답하지 못했다.

“너 빨갱이지?”

영남은 입을 다물었다.

“빨갱이 맞잖아!”

“무슨 소리를 하는 거요!”

“아니라고? 너, 하는 일이 뭐야? 아무것도 안하지? 뭐로 먹고살아? 너 간첩 아니야? 먹고사는 일은 안하면서 연극 같은 거 만들어서 선동하고 다니는 게 빨갱이 아니면 뭐야? 너 누가 돈을 줘서 그렇게 살아?”

“나는 전쟁 희생자들을 추모하려는 거요.”

영남이 가까스로 대답했지만 남자는 들으려고도 하지 않았다. 남자는 바지 주머니에서 담배를 꺼내 불을 붙였다. 그동안 다시 정적이었다. 남자는 담배연기를 가로등 불빛을 향해 길게 내뱉었다.

“당신, 정착금 받았지?”

영남은 대답하지 않았다.

“그게 다 누구 돈이야? 이 나라 국민들 주머니에서 나온 피 같은 돈이다. 아니, 배가 고파서 굶어 죽겠다는 걸 받아주고, 잘 살라고 돈까지 줬으면 고맙게 생각하고 열심히 살 것이지, 그 돈 받아서 놀고먹겠다고? 야, 너 솔직히 말해. 대체 무슨 돈으로 먹고사는 거야?"

영남은 떨리는 목소리로 대답했다.

"나는 남한으로 내려오면서 식구들을 다 잃었소. 나 같은 사람한 테는 전쟁에서 억울하게 죽은 사람들이 남의 일이 아니오. 난 사람들을 선동하려는 게 아니라 죽은 사람들을 추모하고 싶은 거요."

남자는 가만히 담배만 피우고 있다 말했다.

"그럼 왜 있지도 않은 일을 꾸며대? 누가 미군이 저질렀대? 정부에서 인민군 짓이라고 발표한 지가 언젠데."

영남은 대답하지 못했다. 남자는 영남을 노려보았다.

"왜 미군 짓이라고 떠들고 다니느냐 말이야. 그래도 발뺌할 거야?"

"내가 뭘 발뺌한단 말이오?"

"당신, 빨갱이 맞잖아. 사람들 선동하고 분란을 일으키려는 거잖아!"

"난 그런 적 없소."

내가 나서서 중년남자에게 말했다.

"난 이 사람 친구 되는 사람이오. 내가 잘 말해볼 테니 그만하시오."

"당신은 또 누구야? 당신도 북한에서 왔어?"

그가 말했다.

"그렇소."

"댁도 연극해?"

"안합니다."

"그럼 나설 거 없으니 잠자코 있어."

남자는 다시 돌아서서 영남의 면전에 얼굴을 들이댔다.

"잘 들어, 너. 사실 난 말이야, 너 같은 놈이 왜 연극 같은 걸 하는지, 그런 건 알고 싶지도 않아. 빨갱이든 아니든 그런 것도 난 상관 안해. 나는 나 먹고살기 바쁜 사람이야. 그래서 그냥 이 자리에서 딱 잘라 말한다. 연극을 하든 말든 상관 안해. 대신 인민군 짓이면 돼. 미군 짓이면 그땐 내 손에 죽어, 알겠어?"

영남은 그대로 몸을 돌려 집 안으로 들어갔다. 남자는 영남을 내버려두었다. 대신 나를 흘겨보았다.

"가서 똑바로 전하시오. 다시는 나 여기까지 오게 하지 말라고. 그땐 정말 인정사정없을 거니까."

남자는 담배를 튕겨 버리고 모터사이클에 올랐다. 그리고 떠나기 전, 영남이 들어간 쪽을 바라보며 혼잣말처럼 내뱉었다.

"눈알을 파내버릴 거다, 새끼."

모터사이클 전조등이 마을길을 밝히며 내려갔다.

가죽점퍼 청년은 그대로 남아 있었다. 중년남자가 사라지자, 그는 마치 그곳에 나들이를 나온 사람처럼 모터사이클의 라디오를 켜더니 짐칸에서 캔맥주를 꺼내 한모금 들이켰다. 라디오에서 젊은 남녀들의 연애에 관한 잡담이 흘러나왔다. 청년은 내 시선을 피했다. 내가 다가가자 이번에는 나를 쏘아보았다.

"용건이 또 남아 있소?"

내가 물었다. 청년은 다시 맥주를 한모금 들이켰다.

"상관 마시오."

청년은 내 시선을 피한 채 한쪽 다리를 연신 떨었다.

"남의 집 앞에 이렇게 있으면 무슨 용건이라도 있어야 할 거 아니오."

"용건?"

청년은 나를 똑바로 쳐다보았다.

"나, 애국하고 있어요."

나는 대꾸하지 않았다.

"올림픽을 지키고 있다, 이 말입니다."

나는 집으로 들어갔다.

라디오 디제이의 활기찬 재담, 여가수의 노래, 잡담, 수다스러운 웃음소리가 담을 넘어들어왔다. 아이들은 심상치 않은 기운을 느낀 듯 방에서 나오지 않았다. 영남은 뒷마당에 가 있었다. 나는 평상에 앉아 있다가, 재잘거리는 라디오 잡담 소리를 견딜 수 없어 영남을 찾아 뒷마당으로 갔다.

가로등 불빛만 아스라이 넘어들어오는 그곳에서 영남은 담배를 피우고 있었다. 닭은 보이지 않는 닭장에서 뒤척이는 소리만 일곤 했다.

"미안하네. 애들 있는 데서 이런 꼴을 보여서."

영남은 두 손으로 얼굴을 쓸었다. 모터사이클 라디오의 수다스러운 웃음소리가 그곳까지 넘어 들어왔다.

"어떡할 셈인가?"

내가 묻자 영남은 담배를 세차게 몇번 빨아들이고 어둠을 향해 꽁초를 던졌다.

"비열한 자들이더군. 노인들을 데려다 세워놓는 것도 모자라서 시위대에 동태를 살피는 사람까지 내보내는 모양이지? 흥, 시위대 쪽은 그래도 세력이 있으니까 어쩌지 못하고 나같이 만만한 놈이나 괴롭히겠다, 이거 아닌가?"

그리고 숲 쪽 어둠을 바라보았다.

"어쨌든 자네를 점찍고 있다는 얘기야."

내가 말하자, 그는 굳은 얼굴로 고개를 숙여 생각하다가 결연히 고개를 들었다.

"이런 말을 해서 미안하네. 오라고 한 게 난데 이런 말을 도리어 하게 될 줄은 몰랐네. 하지만 강주에게 이런 꼴을 내보이는 건 나 자신이 참을 수 없어. 걔 앞에서 우리가 이런 꼴을 보여서는 안되지. 자네, 미안하지만 애들 데리고 일찍 돌아가는 게 어떻겠나? 강주 방학이 끝나기 전에 다시 와. 미안하네, 이런 말 해서. 그땐 아마 여기도 잠잠할 거야."

"그건 내가 알아서 할 일이야. 난 자네가 앞으로 어떡할 건지 묻고 있는 거야."

영남은 초조한 듯 두 손을 싹싹 비볐다.

"비열한 자들이야. 비열해……"

그는 그렇게 중얼거렸다.

"맞네, 비열한 놈들이야. 그래서 어떡할 참인가? 그 비열한 놈들이 자넬 주시하고 있어."

그는 손을 비비며 짧게 대답했다.

"그자들 때문에 연극을 그만둘 수는 없네."

그리고 나의 반발을 예상한 듯 고개를 돌려 어둠을 바라보았다.

"그자들과 싸우겠다는 거야? 자네가 그자들과 싸울 수 있을 것 같나?"

"상관하지 않겠다는 거네."

"상관 않겠다니, 무슨 말이야? 그자들은 자넬 노리고 있는데 자네 혼자 상관 않겠다고 해서 무슨 소용이야?"

그는 대답하지 않았다.

여가수가 부르는 경박한 노랫소리가 조롱하듯 흘러들었다.

"정신 좀 차리게! 지금 자네가 그렇게 고집을 부려서 하려는 게 뭔지 아나? 연극이야, 연극! 고작해야 연극이란 말이야!"

영남은 서둘러 주머니에서 담배를 꺼내 불을 붙였고, 곧 어둠속에서 불꽃이 빨갛게 피어올랐다. 나는 다시 말했다.

"난 자네를 이해하네. 자네가 말했지. 자넬 이해할 수 있는 사람은 이 남조선에서 나밖에 없다고. 맞네. 나만이 자넬 이해할 수 있을 거야. 그래서 하는 말이야. 자네 말대로 우리에겐 속죄가 중요하지. 난 내 안사람과 동백이의 죽음을 기억하기 위해 사네. 그게 내 삶의 이유야. 그밖에는 없어. 그게 내겐 형벌이자 속죄네. 하지만 자네 연극만큼은 도대체 이해할 수가 없어. 자네가 연극을 하겠다는 이유는 잘 알겠네. 하지만 그건 어디까지나 연극 아닌가? 연극 한편이 자네 인생을 구원한단 말인가? 자네 인생이 그렇게 보잘것 없는 것이었나?"

영남은 나를 외면하고 어둠만 바라보며 담배를 피웠다. 담 너머에서 왁자지껄한 웃음소리가 터졌다.

"난 여유가 없네."

그가 말했다. 그리고 여전히 나를 외면한 채 담배연기를 세게 빨아들였다.

"여유? 무슨 여유 말이야? 누가 자네에게 속죄하라고 협박이라도 하던가?"

다시 그는 말이 없었다. 나는 그 침묵을 참을 수 없었다.

"자네 동백이가 왜 개를 훔쳤는지 아나? 동백이는 자기가 사람들에게 조롱거리가 될 거란 걸 잘 알고 있었어. 아니, 그 친구는 스스로 조롱거리가 되고 싶었던 거지. 자신을 학대하고 싶었던 거야. 자네도 그런 건가? 자네도 스스로 조롱거리가 되고 싶은 건가? 그자들 앞에서 웃음거리가 돼야 속이 후련하겠나?"

영남은 뜻밖에 침착한 얼굴로 꽁초를 가볍게 어둠속에 던졌다. 그리고 나와는 더 이야기할 것이 없다는 듯 자리에서 일어났는데, 그때는 취한 사람처럼 몸을 약간 기우뚱거렸다.

"내 고통은 끝나지 않네."

그렇게 말하고 천천히 앞마당으로 건너갔다.

밖에서 다시 수다스러운 웃음소리가 터져나왔다. 나는 화를 참지 못하고 앞마당을 건너 대문 밖으로 뛰어나갔다. 뜻밖에도 가죽점퍼 청년의 모터사이클에는 치수가 올라앉아 있었다. 둘은 형과 아우처럼 이야기했다. 나를 발견한 청년이 치수에게 눈짓을 보냈다. 치수는 모터사이클 위에서 뭔가 변명하려 하다가, 내가 화가 나있다는 걸 알고는 즉시 내려와 집 안으로 뛰어들어갔다. 그 꼴이 재미있다는 듯 청년이 웃음을 터뜨렸다. 나는 화가 나서 소리쳤다.

"라디오 소리 좀 줄이시오!"

집으로 들어가자, 얼마 되지 않아 라디오 소리가 마을을 내려갔다.

아침에 영남은 전날 아무 일도 없었다는 듯, 출토지로 내려갈 채비를 차렸다. 아이들이 그를 따라나섰다. 시위대 속 염탐꾼을 생각하면 갖가지 불쾌한 상상이 떠오르지 않는 것도 아니었지만, 냉정히 생각하면 아이들과는 상관없는 일이었다. 그보다는, 그 아침에 이미 배우가 된 듯 내내 천연덕스럽게 구는 영남이 더 불쾌했다. 나는 상관하지 않았다. 영남은 아이 둘을 뒷좌석에 꼭 붙여 태우고 마을을 내려갔다.

얼마 지나지 않아 올림픽 찬가 소리가 다가왔다. 그러지 않아도 마음이 불편하던 터에 그 소리를 들으며 앉아 있자니 진저리가 났다. 나는 그 소리를 피해 뛰쳐나가듯 집을 나섰다.

정장 입은 청년들이 마을을 오르고 있었다. 왠지 그들은 곁눈질로 나를 보는 듯했고, 그것은 그저 마을에서 젊은 사람을 처음 만난 탓일지도 몰랐지만, 그 아침에는 나마저 주시하고 있다는 불쾌한 느낌을 지우기 어려웠다. 그들을 지나쳐 마을 어귀를 지나 버스 정류장 쪽으로 한참 걷다 뒤돌아보니, 여느 때와 같이 청년들이 노인들을 부축해 승합차에 태우고 있었다.

집을 나섰지만 갈 곳은 출토지뿐이었다. 그곳에는 어림잡아 두 배쯤 사람이 불어나 있었다. 곳곳에서 낭랑한 목소리와 웃음소리가 터져나오는 것이, 바다 건너 미국 퇴역 장교의 고백이 심어준 기대와 확신의 실마리 때문인 듯했다. 천막마다 사람들이 들어차 있었다. 천막 뒤쪽으로 며칠 전에는 없던 새 천막이 여러채 들어서 있었다. 천막에서 곧잘 웃음이 터져나왔다. 언덕길 위쪽에는 여전히 전투경찰이 진을 치고 있었고, 시위대가 늘어난 만큼 병력도 늘어난 듯했는데, 시위대의 기세 탓인지 이미 그 언덕길에서는 조연으로 밀려나버린 인상이었다. 시위대 사람들은 천막 안에 둥그렇게 둘러앉아 토론을 벌이거나, 팻말이나 현수막, 포스터 같은 시위 도구를 준비하는 것은 변함이 없었고, 천막 밖에서는 그야말로 며칠 전과 달리 사람들이 커다란 찜통에 쌀을 씻어 나르며 식사를 준비하고 있었다.

날씨는 여전히 무더웠다. 화물트럭이 며칠 전과 마찬가지로 먼지와 소음을 일으키며 길을 올라, 거대한 성문을 특권처럼 열고 안으로 들어가곤 했다. 타워크레인 위로 해가 뜨겁게 솟아 있었다. 골재와 모래를 실은 트럭이 올라오면, 먼지를 뒤집어쓴 시위대 사람들이 트럭을 쏘아보거나 불평을 내뱉는 것도 며칠 전이나 마찬가지였다.

나는 사람들 속을 걸었다. 시위대가 새로이 얻은 활력이란 것이 바다 건너 퇴역한 노장교의 고백 때문이라면, 사람들의 신념이란 것도 허약할 뿐인 게 아닌가 하고 생각했다. 더욱이 사람들은 그 고백을 한 인간의 고통스러운 참회로 받아들이지 않고, 이기적이게도 자기 신념에 대한 두둔으로 받아들였다. 그래서인지 덤프트럭이 모래와 자갈을 싣고 올라갈 때면, 결국 그 언덕길을 지배할 것은 사람이 아니라 하루하루 일정한 밥을 얻어 냉정하게 커가는 저 선수촌 건물이 아닐까, 하는 느낌이 들곤 했다.

영남은 한 천막 안에서 뿔테안경을 끼고 턱수염을 기른 남자와 마주 보며 이야기를 나누고 있었다. 연극이나 문화행사를 화제로 올리고 있을 두사람의 대화는 순탄해 보였다. 치수와 강주는 한상원과 배영주가 있는 천막에 함께 들어가 있었다. 치수는, 호의를 내보이는 사람에게는 자석에 이끌리듯 하는 성격 그대로, 이미 그 안에서도 귀염둥이가 된 듯했다. 밖에서 시위대를 구경하거나 구호에 귀를 기울이는 정도가 아니라, 그렇게 사람들 속으로 들어가게 된 것은 영남이 두 대학생과 친하게 된 탓이었다. 강주는 가위로 색도화지에서 글자들을 오려내고 있었다. 한 여학생이 곁에서 같은 일을 하며 강주에게 일을 가르쳐주고 있었는데, 표정으로 보아 강주는 그 일에 꽤 재미를 들인 모양이었다. 강주가 오려내는 글자들을 조합하면 '울고 있다'였다. 나는 멀리서 아이들을 쳐다보았다. 그리고 자리를 피하려고 하는데, 천막 안에서 나를 본 한상원이 달려나와 붙잡고 반갑게 인사했다.

"아니, 오셨으면 안에 들어오셔야죠! 왜 여기 서 계세요? 어서 들어와서 차라도 한잔하세요!"

그는 손님을 맞듯 나를 이끌었고, 몇번 사양해도 잡은 손을 놓지 않았다. 할 수 없이 그를 따라 천막으로 들어갔는데, 굳이 그 안의 사람들에게도 나를 소개했다.

"다들 인사하세요. 강주 아버님이 오셨습니다."

천막 안에 있던 사람들이 모두 돌아보며 내게 인사했다. 사람들의 환대가 부담스러웠지만 고개를 숙여 인사하지 않을 수 없었다. 강주는 본 체도 하지 않았다. 한상원은 만인에게 다 그런 식인지 그때도 내게 유난한 호감을 내보이며, 직접 차를 타서 갖다놓고 마주 앉았다.

"실은 아까 좋은 소식이 있었습니다."

그는 환하게 웃음 지었다.

"정부에서 재조사를 수용할 거라는 얘기가 아침에 언론을 통해 흘러나왔어요."

"정말입니까?"

내가 놀라서 묻자 그는 웃음을 숨기며 고개를 끄덕였다.

"틀림없는 것 같습니다. 사람들이 좀 들떠 있는 것 같지 않습니까? 아직 공식 발표는 없었으니까 내색은 하지 말자고 애써 자제하고 있습니다. 그래도 확실하다고 들었습니다. 기자들은 벌써 다 알고 있는 것 같아요. 바쁜 일 없으시면 오늘은 좀 있다 가시는 것도 좋을 겁니다. 어쩌면 오늘 여기는 이 나라 역사에 길이 남을 현장이 될지도 모릅니다."

한상원의 이야기에 귀를 열고 있던 사람들도 드러나지 않게 웃음을 지었다. 한상원은 목소리를 낮추었다.

"실은 지금 한쪽에서는 잔치까지 준비하고 있습니다."

그는 천막 밖 한쪽을 가리켰다. 옆에 있던 여자가 팔꿈치로 옆구리를 찔러 주의를 주었다.

"잘됐군요. 그럼 어떻게 되는 겁니까? 다시 조사를 시작하는 겁니까?"

내가 물었다.

"그렇죠."

"이번엔 제대로 진실을 가려야겠네요."

"아마 민간에서 조사단에 많이 참여할 겁니다. 자기네들끼리 조사해서 발표하는 건 이제 아무도 안 믿을 테니까요."

"만약 다시 인민군의 범행으로 판명 나면 어떻게 되는 겁니까?"

"그러진 않겠죠. 미군이 저질렀다는 건 이제 세상이 다 아는 사실인데요. 재조사를 수용했다는 것 자체가 자기네들 조사에 허점이 많았다는 걸 인정한 거죠."

내가 듣기에 그 말은, 시위대의 목적이 진실을 찾는 것이 아니라 미군의 소행이라는 사실을 밝히는 데 있다는 듯했다.

"연극 이야기는 잘되어갑니까?"

다시 내가 물었다.

"아, 그건 틀림없이 성사될 겁니다. 어쩌면 이번 문화의 밤 행사는 승리를 자축하는 의미로라도 꽤 크게 열릴지도 몰라요. 지금 그것 때문에 이야기를 하고 있을 겁니다. 사실 타이밍 하나는 기가 막힌 거죠! 앞으로 제대로 진실이 밝혀지면, 강 선생님이 말하려는 취지도 사람들 귀에 들어올 겁니다. 장담하는데, 호응이 좋을 거예요. 어쨌든 연극은 이래저래 좋은 조건에서 성사되는 거지요."

그는 호언했지만, 정부에서 그렇게 호락호락 결정을 번복할지 의구심이 들었다. 번복한다면 그것은 새로이 진실을 찾은 것이 아니라, 미군의 소행임을 인정하거나 그런 주장을 펴는 사람들에게 굴복한 것에 가깝게 비칠 것이다. 오히려 언뜻 떠오른 것은 협회였다. 정부가 재조사 요구를 받아들인다면 그들이 어떻게 나올지 궁금했다.

두 사람이 다시 천막으로 들어와 사람들과 반갑게 인사를 주고받았다. 그 틈을 타 나는 사람들에게 가볍게 인사하고 밖으로 빠져나갔다. 사람들 사이에 충만한 열기라는 것은, 미군 장교의 고백이 심어준 확신을 넘어 정부와의 싸움에서 승리했다는 기쁨에서 나온 것이었다. 그런 시선으로 보니 사람들 얼굴이 더욱 밝아 보였다. 나는 천막 가까이에서 손짓으로 강주를 불렀다. 아이는 나를 보고서도 못 본 척 가위만 놀리고 있다가, 재차 부르자 투덜대며 일어섰다.

"왜요?"

아이는 밖으로 나오자마자 맹랑하게 물었다.

"점심은 어떻게 할 거냐?"

"여기 사람들 먹을 때 같이 먹기로 했어요."

"잠깐 얘기 좀 하자."

"무슨 얘기요?"

나는 아이의 손목을 잡아 강제로 근처의 가게까지 데리고 가, 음료수를 사서 아이를 파라솔 아래 의자에 앉혔다. 아이는 음료수에는 손도 대지 않았다.

"너, 거기서 무슨 일을 하는 거냐?"

아이는 입을 비쭉 내밀고 탁자 위 음료수를 바라보며, 길게 뻗어 포갠 두 발만 부채꼴 모양으로 돌렸다.

"사람들하고 같이 시위에라도 나갈 생각이냐?"

아이는 빤히 쳐다보며 대꾸했다.

"하면 또 어때서요?"

"뭐라고? 네가 왜 그런 짓을 해? 너도 유골 문제에 대해 할 말이 있다 이거냐?"

"있어요. 있으니까 여기 왔지요."

"대체 뭐냐?"

목소리를 높이자, 아이는 입만 비쭉거릴 뿐 대답하지 않았다.

"사람들이 뭘 주장하는지 알기나 하는 거냐? 이 사람들은……"

아이가 내 말을 잘랐다.

"정부에서 감췄던 거 맞잖아요! 아버지도 들었잖아요. 정부에서 재조사하기로 했다고."

강주가 그렇게 소리를 지르는 통에 깜짝 놀라서 나는 주위를 둘러보았다. 지나가던 사람들이 아이와 나를 쳐다보았다. 나는 목소리를 낮추었다.

"대체 그게 너하고 무슨 상관이냐?"

"왜 상관이 없어요? 누구나 상관있는 거죠. 여기 사람들은 뭐 죽은 사람들하고 친척이라도 돼서 온 거예요?"

"저 사람들은 상관있어. 저 사람들은 원래부터 정부에 하고 싶은 말이 많은 사람들이야."

"정부에 하고 싶은 말이 많다고 무조건 여기 와서 시위를 한다는 거예요? 그런 게 어디 있어요? 자기가 옳다고 생각하니까 오는 거지."

"그렇게 단순하지 않아! 너희들에게는 단순하게 보여도 다 복잡한 데가 있는 거다. 너희들은 함부로 저런 일에 끼어들어선 안돼."

아이는 혼잣말로 뭔가 중얼거렸다. 나는 그 말에 욕이 섞여 있지 않을까 겁이 났다. 사춘기 이후로 입씨름 정도는 수없이 겪은 터였다. 태연한 쪽은 늘 아이였다. 강주는 생각났다는 듯 내게 물었다.

"어젯밤에 왔던 사람들은 누구예요?"

나는 한방 먹은 기분으로 대답하지 못했다.

"예?"

아이는 다시 물었다.

"모르는 사람들이다."

"마을 아래에 그 현수막 썼던 사람들 맞죠?"

나는 대답하지 않았다.

"그 사람들 맞죠? 북한이라면 무조건 미워하는 사람들. 자기네가 뭔데 남의 집에 와서 연극을 하라느니 말라느니 하는 거예요?"

"맞다. 나쁜 사람들이다."

"그 사람들 맞죠? 현수막 썼던 사람들?"

"그래, 맞아."

아이가 다시 주위는 아랑곳하지 않고 격앙된 목소리로 소리쳤다.

"정말 나쁜 사람들이야!"

그리고 얼굴을 감싸안더니 울음을 터뜨렸다. 나는 황망해서 아이가 울음을 그치기만을 기다렸다. 지나가던 사람들이 아이와 나를 쳐다보았다. 아이는 곧 입술을 깨물어 참고 자리에서 일어났다.

"잠깐 앉아."

"왜요, 다시 갈 거예요!"

"거긴 북한 싫어하는 사람이 없어서 가겠다는 거냐?"

"그렇게 말하지 마요! 나도 다 생각이 있어서 이러는 거라고요!"

"어떤 사람은 우릴 좋아하고 어떤 사람은 우릴 미워하는 게 아니야! 사람들은 북한을 이용하려는 것뿐이다. 넌 아직 그런 걸 몰라. 그런 일에 함부로 끼어들어서는 안돼!"

"제가 알아서 할 거예요!"

아이는 나를 남겨두고 곧장 사람들 속으로 뛰어들어갔다.

사람들이 오전 시위를 준비했다. 시위에 나서는 사람들은 그 많은 사람들 가운데 일부였다. 언덕길은 여전히 뙤약볕으로 뜨거웠다. 나는 시위대를 피해 언덕길 인도를 벗어나 천막 뒤쪽 공터로 올라갔다. 시위대 안에서는 팻말과 현수막을 앞세운 사람들이 맨 앞을 차지하고, 그날도 역시 분장행렬이 맨 뒤를 따랐는데, 농부와 아낙으로 분장한 것은 한상원과 배영주임이 틀림없었다. 행진에 나서기 전, 얼굴에 굵고 검은 주름이 진 아낙 가면이 옷매무새를 매만지다 우연히 나를 돌아보았다. 그 가면에서, 며칠 잊고 지냈던 그 악몽 속의 노파 얼굴이 떠올라 반사적으로 시선을 피했다.

행진이 시작되었다. 시위대의 목소리는 승리에 대한 확신과 그에 따라 고양된 정의감으로 높고 힘이 넘쳤다. 경찰이 일찌감치 대열을 정비해 언덕길 중간에서부터 가로막고 나선 것도 그런 기세 탓이었을 것이다. 시위대는 경찰들 앞에 멈춰서서, 메가폰을 쥔 지도자가 구호를 외치면 주먹과 팻말을 잇달아 올리며 따라 외쳤다. 하지만 양편이 모양새만 갖추고 있는 것은 예전과 다를 바 없었다. 지도자가 다시 구호를 외쳤을 때, 천막 옆에 서 있던 강주가 쥐새끼처럼 달려나가더니 시위대 안으로 몸을 숨겼다. 순식간에 들어간 아이는 한동안 어른들 틈에 숨어 얼굴도 내밀지 않았다. 그리고 얼마 지나지 않아 메가폰을 쥔 자가 "억울한 넋들이 울고 있다!"라고 외치자, 아이가 들어갔던 바로 그 자리에서 앳된 팔이 불쑥 솟아오르더니 그 구호를 따라 외쳤다. 천막 쪽에 남아 있는 치수가 그 모습을 보며 배를 쥐고 웃었다. 다행히 시위대와 경찰이 충돌할 것 같지는 않았다. 나는 그저 황망하여 보고만 있었다.

사람들의 관심이 정부의 발표에 쏠린 탓으로, 그날의 시위는 며칠 전보다 더욱 심드렁했다. 굳이 그 땡볕에 나와 주장과 호소를 거듭할 이유가 없을 것이다. 시위대는 오래지 않아 해산했고, 강주는 어른들 사이에서 몸을 숨기며 나와 치수와 함께 천막 뒤로 숨었다. 둘은 한동안 그곳에서 떠들고 웃어댔다.

곧 사람들은 점심을 준비했다. 영남과 치수, 강주가 사람들 사이에서 식반을 들고 줄을 서 있는 걸 보고는, 나도 그곳을 벗어나 주택가의 한 식당으로 들어갔다. 한상원의 말은 사실이었다. 식사를 마칠 무렵, 식당 벽에 걸어놓은 텔레비전 화면 아래쪽에 '속보'라는 말머리를 단 자막이 한줄 지나갔다. '[속보] 정부, 동계올림픽 선수촌 공사현장 출토 유골 사망 원인 재조사 실시 예정'. 김치찌개를 먹던 남자 몇이, 그곳이 시위대의 근거지임을 의식한 낮은 목소리로, 하지만 또렷하게 "씨발놈들" 하고 욕을 내뱉었다.

식사 뒤에 다시 출토지로 올라가니, 시위대 사람들은 벌써 서로 부둥켜안고 환호하며, 어떤 이들은 눈물을 흘리고 있었다. 지도자라는 사람이 메가폰을 가지고 의자에 올라가 아직 공식 발표가 있었던 것은 아니니 섣부른 행동은 자제해달라고 당부했는데, 그 말이 사람들 귀에 들어갈 리도 만무했지만, 그렇게 말하는 자신부터 얼굴에 차오르는 희색을 감추지 못한 채였다.

한동안 언덕길은 조용했다. 마침내 정부의 공식 발표가 시작되자 사람들은 휴대전화 화면을 열어 속보를 확인하느라 삼삼오오 머리를 맞대며 모였고, 곧 이곳저곳에서 환호성이 터져나왔다. 영남도 그 가운데에서 사람들과 같이 머리를 맞대고 있었고, 치수와 강주도 어떻게든 사람들 사이로 머리를 들이밀어보려 애쓰고 있었다. 환호성이 언덕길을 메우기 시작했다. 사람들은 그때는 눈치 볼 것도 없이 부둥켜안았고, 마음껏 환호했고, 곳곳에서 눈물까지 흘렸다. 지도자가 벅찬 얼굴로 다시 의자에 올라갔다.

"드디어ー 우리가ー 이겼습니다!"

사람들이 일제히 환호성을 지르며 만세를 부르고, 펄쩍펄쩍 뛰고 얼싸안았다. 천막 안쪽에서 힘찬 북소리가 울리더니, 그에 질세라 누군가 찜통 뚜껑을 들고 나와 밥주걱으로 두들겨댔다. 지도자도 격정을 이기지 못하고 눈물을 흘렸다. 한 여자는 하늘을 올려다보더니 그곳의 누군가에게 감사의 기도를 드렸다. 이제 그 언덕길에서 가장 별 볼 일 없는 처지가 된 전투경찰들은 아직 이렇다 할 지시를 받지 못했는지 그 자리에 꼼짝없이 서서 사람들을 쳐다보며, 뜨겁게 내려오는 뙤약볕만 견뎌내고 있었다.

영남이 사람들과 승리를 축하하고 악수를 나누며 그들과 같이 기쁨을 나누었다. 치수는 천막 앞에서 홀로 사람들의 환호와 탄성을 감상하는 듯 멍한 얼굴로 서 있다가 한순간 가슴속에서 카타르시스를 맛보았는지, 마치 자신의 깊은 염원이 이루어진 것 같은 벅찬 얼굴이 되어 조용히 눈물 두줄기를 떨어뜨렸다. 강주는 그 뒤에 서 있었다. 강주는 사람들에게서 벗어나 생각에 잠긴 듯 홀로 고개를 숙이고 있었는데, 결국 그 눈에서도 눈물이 떨어지는 것이 치솟는 감정을 애써 누르고 있었던 모양이었다. 두 아이는 사람들 사이로 들어갔다. 시위대 지도자는 의자 위에서 격정에 찬 목소리로 환호를 유도하더니 박수를 치기 시작했고, 이어 사람들이 따라 치는 박수 소리가 한동안 언덕길을 메웠다. 영남은 그새 시위대의 일원이 된 듯 벅찬 얼굴로 박수를 치고 사람들을 부둥켜안았다. 그가 정부의 재조사 수용을 기뻐할 이유는 없었기에, 그 또한 오로지 연극을 위해 사람들의 비위를 맞추는 짓일 것이었다.

사람들이 천막 안에서 넓고 긴 탁자들을 내와 이어붙여 임시 무대를 만들었다. 한 남자가 마이크를 들고 그 위에 오르자마자 환호성을 유도하고, 이어 지도자를 비롯해 수고한 사람들을 무대로 불러냈다. 몇사람이 차례로 탁자에 올라 승리의 감상을 이야기했고, 한 여자는 말하는 도중에 눈물을 흘렸다. 누군가 뒤에서 내 어깨를 쳤다. 뒤에, 그도 나처럼 사람들에게서 벗어나 구경하고 있었는지, 연극 연출자가 혼자 서 있었다. 머리를 중처럼 짧게 깎은 것이 오래지 않았는지, 그는 그때도 인사하며 멋쩍게 머리를 쓸었다.

연출자와 같이 사람들을 지켜보았다. 그도 이방인을 자처한 듯, 사람들의 환호와 격정을 지켜보고 있으면서도 이렇다 할 말 한마디 하지 않았다. 소개받은 사람들의 순서가 끝나자, 사람들 가운데서 한 여자가 치수와 강주를 가리키며 사회자에게 무대로 불러줄 것을 부탁했다. 사람들이 박수를 치며 환호했다. 그곳에 강주와 치수 또래 학생은 없었다. 사회자는 '미래'를 언급하며, 역사적 순간을 길이 기억해야 할 사람으로 둘을 지목하고 무대로 불렀다. 치수와 강주가 사람들의 손에 이끌려 무대로 올라갔다. 사회자가 둘에게 자신을 소개하라고 했고, 자기 순서에서 강주는 북에서 왔다는 말은 꺼내지 않았다. 사회자는 어떻게 그곳에 오게 되었는지 물었다. 치수는 그곳에 오게 한 '주동자'인 강주에게 발언권을 양보했다. 강주는 한동안 망설이고 있다가, 사람들이 박수로 격려하자 조용히 말을 꺼냈다.

"진실은 가려져야 되니까요. 뭐가 진짜 진실인지 사람들이 알아야 하니까요."

사람들이 환호성을 올리며 오랫동안 박수를 쳤다. 뜻밖에 그 말은 사람들 사이에서 긴 여운을 남겨, 다시 어떤 사람의 눈시울을 붉게 하기도 했다. 사회자도 감동한 듯 아이들을 더 붙잡아두려 했지만, 아이들은 곧바로 무대에서 뛰어내려왔다.

"귀엽네요, 아이들이."

연출자가 나를 보며 웃었다.

한 남자가 무대에 올라 노래를 부르기 시작했고, 모두 그 노래를 따라 불렀다. 일대에 노랫소리가 장엄하게 울려퍼졌다. 사람들은 그 소리에 스스로 감동한 듯했고, 노래를 모르는 치수와 강주도 감흥에 젖어 있는 듯했다. 사람들이 노래를 부르기 시작하자 연출자는 자리를 뜨려 했다. 나는 그를 붙잡았다.

"영남이가 여기서 연극한다는 얘기 들으셨습니까?"

"아, 예, 아침에 잠깐 만났습니다."

연출자는 다시 머리를 쓸었다.

"미군이 저질렀다는 내용으로 각색한다는 것도 들으셨습니까?"

"예, 그것도 들었습니다."

연출자는 멋쩍게 웃었다.

"어떻게 생각하십니까?"

그는 한동안 말없이 땅만 바라보았다.

"반대하시는 거지요?"

다시 그렇게 묻자 그가 고개를 들었다.

"그 전에 솔직히 강 형을 이해 못하겠습니다."

그리고 발끝으로 돌멩이를 툭툭 건드리다 다시 그가 말했다.

"그렇게 연극에 매달릴 만한 이유가 따로 있습니까? 제가 알지 못하는……"

나는 모른다고 대답했다.

"그것 참……"

그는 고개를 들어 사람들 쪽을 내다보았다.

"제가 보기에…… 이제 그 연극은 애초에 저와 강 형이 말했던 참회연극은 아닙니다. 만약 인민군이 저질렀다는 내용이라면 저 사람들이 받아들였겠습니까? 아마 안 받아들였을 겁니다. 그렇다면 그 연극은 정치적인 거지요. 본래 참회연극에 정치적인 의도는 없었습니다."

그는 다시 발끝으로 돌을 찼다.

"아침에 영남이와 무슨 얘기를 하셨습니까?"

"그런 얘기를 했습니다. 그런데…… 제 얘기는 들으려고 하지 않더군요."

사람들이 두 손을 올려 손뼉을 치며 다른 노래를 시작했다. 이번에는 북 여러대가 장단을 맞추었다.

"협회에서 왔었다는 얘기는 하던가요?"

내가 물었다.

"협회에서요?"

"그 얘긴 안했습니까?"

"그런 얘긴 못 들었는데요?"

나는 망설이다 털어놓았다.

"어젯밤에 협회에서 두사람이 집에 찾아왔었습니다. 아주 단단히 협박을 하더군요. 영남이 시위대 사람들하고 연극을 계획하고 있다는 것도 알고 있었어요. 어떻게 알았는지 모르겠습니다. 아마 저 사람들 안에 염탐꾼 하나쯤은 있을 겁니다. 어쨌든 그러면서 영남이를 빨갱이 취급했어요. 미군이 저질렀다고 왜곡해서 사람들을 선동하고 다닌다고요. 그러더니 연극을 하든 말든 상관 않겠는데, 한다면 인민군 소행으로 하라고 잘라 말했습니다. 미군의 짓으로 하면 가만 안 두겠다고."

"그래서요?"

"그리고 돌아갔습니다. 그런데도 영남이 그 친구, 눈 하나 깜빡하지 않아요."

"허…… 그건 그냥 해보는 소리는 아닐 텐데요?"

"그런 자들이 무서워서 연극을 포기하는 건 수치라고 하더군요."

"허……"

연출자는 다시 천천히 머리를 쓸고 땅을 바라보았다.

"선생 생각도 위험하단 말이지요?"

내가 묻자 연출자는 천천히 고개를 들었다.

"그 사람들은 심지어 정부에서 재조사를 받아들였다고 해도 달라질 게 없을 겁니다. 그 사람들은 누가 죽였느냐, 희생자들의 죽음이 얼마나 억울하냐, 이런 건 애초에 관심이 없어요. 공사에서 이익을 내고 그걸 지키려는 것뿐이니까요. 이 지역 주민들도 실은 다 그런 마음입니다. 전쟁이니 희생자니 하는 건 여기선 성가시기만 한 얘기예요. 어쩌다보니 이 지역은 지금 이 나라에서 가장 물질적인 곳이 되어버렸어요. 그럴 이유가 없었는데 말이죠. 그런 곳에서 참회니 반성이니 하는 얘길 떠들어봐야 들을 리가 없습니다. 오히려 반발하기 일쑤입니다. 위험한 얘기지요. 그래서 제가 잠정적으로 중단하자고 한 겁니다. 저 시위대 사람들은 이 지역 사람들이 아닙니다. 여길 떠나면 그뿐인 사람들 아닙니까? 먹고살아야 하는 사람은 이곳 사람들이지요. 정부에서 재조사를 받아들였다고는 해도, 이 지역 문제의 본질은 여전히 공사와 이권이에요. 앞으로 지을 건물들과 올림픽에서 벌어들일 막대한 수입이란 말입니다. 협회라는 데서 몰랐다면 모르지만 강 형이 시위대 사람들과 같이 그런 연극을 한다는 걸 안 이상, 가만히 있지는 않을 거예요. 가서 이 형께서 잘 말해보세요. 위험하다 뿐입니까? 불속으로 뛰어드는 나방 꼴이네요."

연출자는 생각에 잠겨 있더니 내게 인사를 하고 물러갔다.

사람들은 한상원이 말했던 그 잔치를 준비하기 시작했다. 영남은 거기까지는 참가할 뜻이 없는 듯 사람들 사이에서 아이들을 찾았다. 나는 영남이 모터사이클을 세워둔 곳으로 가 먼저 기다렸다.

치수와 강주는 희열에 들떠 있었다. 특히 치수는 발갛게 얼굴까지 상기되어 영남의 모터사이클 뒷자리에 오르자마자 "달려요, 달려!" 하고 소리를 질렀고, 강주도 그 뒤로 뛰어올라 엉덩이로 안장을 구르며 합세했다. 영남이 다스릴 것이라 여겼지만, 오히려 그는 모터사이클에 올라 두 아이를 자기 등 뒤로 바짝 끌어당긴 다음 나더러는 버스를 타고 오라고 하고는, 거친 엔진 소리를 내며 내달리는 것으로 아이들의 조증에 화답했다.

나는 혼자 버스를 타고 집으로 돌아갔다. 마당에서 치수가 여전히 개선장군 같은 표정으로 귀농 아낙에게 빌려왔다는 자전거를 타고 평상 둘레를 돌고 있었다. 그리고 시위대 사람들에게서 배웠다는 노래를 흥얼거렸는데, 나도 사람들 사이에서 간간이 들었던 그 노래를 아이들은 이미 외운 모양이었다. 툇마루에 앉은 강주도 그 노래를 따라 불렀다. 영남은 마당 한쪽에서 아이들을 보며 웃고 있었다. 아이들은 승리와 희열이라는 승부에서의 일시적인 감정에 도취한 것뿐이었다. 나는 영남을 조용히 뒷마당으로 불렀다.

영남은 나조차도 정부의 재조사 수용에 기뻐할 거라고 믿었다는 듯, 천연덕스럽게도 들뜬 얼굴로 나를 바라보았다. 나는 그 광대 짓을 냉담하게 거부했다.

"자네 지금 제정신인가?"

내가 말하자 그는 흥이 깨져 서운하다는 듯 쳐다보았다.

"정부에서 재조사를 수용했다고 해서 대체 자네가 기뻐할 게 뭔가?"

영남은 나를 멍하니 쳐다보았다.

"잘된 일 아닌가? 진실은 밝혀야지. 재조사를 수용했다는 건 어쨌든 진실에 가까워지는 거잖아."

"언제부터 자네가 그렇게 학살의 진실에 관심 있었나?"

영남은 서운하다는 듯 아예 내게서 몸을 돌렸다.

"연출자를 만났네. 자네도 아침에 만났다면서?"

"그 사람 얘기는 하지 마. 그 사람은 연극을 포기한 사람이야."

영남은 숲을 바라보며 말했다.

"그 사람도 자넬 걱정하고 있네. 그 사람 말은, 정부에서 재조사를 수용했다 해도 협회라는 데서는 콧방귀도 뀌지 않을 거라는 거야."

"아니야."

영남은 손사래를 치며 나를 향했다.

"내가 보기에 그자들은 한발 물러설 걸세. 어제 그자들이 뭐랬나. 나를 빨갱이라고 했지? 시위대의 배후에도 빨갱이들이 있다고 했던 사람들 아닌가. 그런데 정부에서 그런 사람들의 요구를 받아들여버렸으니, 결국 할 말 없는 꼴이 된 거지!"

"천만에! 북한이니 빨갱이니 하는 말들은 자기네 이익을 지키기 위해 동원한 말에 지나지 않아. 그자들은 필요하다면 빨갱이가 아니라 어떤 말이라도 갖다붙일 걸세! 그자들은 이익에만 관심이 있는 거야. 그건 처음부터 끝까지 변함이 없었어."

"그만하게, 그만해."

영남은 피곤하다는 듯 얼굴을 찡그리며 다시 손사래를 쳤다.

"알았네. 자네 말이 맞아. 그래서 뭐가 어쨌단 말인가? 날 해코지한다고? 그럼 좀 당해주면 되지. 이봐, 내가 말했잖아. 나한테 그런 건 아무것도 아니야. 걱정할 것도 없어."

"자네 꼴이 지금 어떤 줄 아나? 스스로 조롱거리가 되려던 동백이 꼴과 똑같아. 연출자는 자네더러 불속으로 뛰어드는 나방이라고 하더군. 내가 보기엔 자넨 희생자들을 추모하는 제사에서 스스로 제물이 되려는 자 같아. 희생양 말이네."

영남은 아무 대답도 없이 툇마루 기둥에 기대 먼 산을 바라보다가 천천히 나를 향해 돌아섰다.

"원길이, 오랜만에 만나서 이게 다 뭔가? 부탁이니 오늘은 그 협회가 뭔가 하는 자들 얘기는 하지 말지. 난 연극 얘기가 잘돼서 오늘 하루 종일 기분이 아주 좋았어. 그 기분을 깨지 말았으면 좋겠네."

그리고 나를 향해 웃으며 말을 이었다.

"오히려 난 기분 좋게 한잔할까 했었네. 우리가 언제부터 그렇게 편안하게 살려고 했었나? 난 상관없어. 괴롭히면 좀 받아주면 돼."

영남은 닭장에서 달걀 몇알을 꺼내 그중의 한알을 내게 내밀었다. 나는 그 천연덕스러움에 치가 떨려 그대로 돌아서서 앞마당으로 건너갔다.

치수가 그때껏 평상 둘레를 돌고 있었다. 하지만 환희의 열기란 것도 그즈음에는 마당에 드리우기 시작한 산의 그늘처럼 서늘해졌을 터이고, 자전거 페달을 밟으며 노래를 반복한다고 해서 되돌릴 수 있는 것은 아니었다. 하지만 치수는 계속 페달을 밟았다. 뒷마당에서 돌아오는 영남과 나를 보자 치수는 다시 한번 분위기를 돋우어보겠다는 듯 나를 보고 활짝 웃으며 힘차게 페달을 밟고 노래를 불렀는데, 오히려 희열이 들어차야 할 자리에는 공허가 들어차는 모양으로 얼굴은 낙담한 사람처럼 점점 굳어갔다.

치수는 자전거에서 내리려 하지 않았다. 우리는 끝없이 마당을 도는 아이를 조심스럽게 지켜보았다. 마침내 그 위태롭던 자전거를 세운 뒤 치수는 멋쩍다는 듯 사람들을 향해 한바탕 웃음을 터뜨리더니, 염려했던 대로 곧 그 자리에 쪼그려 앉아 눈물을 흘렸다. 강주가 다가가 치수를 달래고 뒷마루로 데려가 뉘었다. 치수는 서글프게 울었다. 그런 모습을 본 적 없는 영남이 곁에서 물끄러미 지켜보았다.

강주가 머리맡에 앉아, 우는 치수의 머리를 쓸어주었다. 그리고 치수를 가만히 내려다보며 가끔 코를 훌쩍였는데 그것은 치수의 슬픔뿐 아니라 자신의 슬픔도 함께 달래려는 모습이었다. 아이는 시위대의 승리에서 무엇을 봤을까? 정의로운 자들의 승리? 약한 자들의 승리? 북에 대해 호의적인 자들의 승리로 여겨 카타르시스를 느꼈던 걸까?

치수는 곧 울음을 멈추었다. 그뒤에도 강주는 어두운 툇마루에 그대로 앉아 가끔 치수의 머리를 쓰다듬어주곤 했다. 치수는 강주의 손길 아래 감정의 추락 속도를 늦추어, 곧 어린아이처럼 잠들었다. 해가 저물어 마당이 어두웠다. 영남이 저녁을 지으러 부엌으로 들어간 사이, 나는 산책 삼아 집을 나섰다.

노인들은 일찍 잠들었을 터라 마을 전체가 고요했다. 마을 어귀에서 버스정류장 쪽으로 걸었다. 집을 나설 때부터 오래전 아내와 내가 강주를 돌보던 일이 떠올랐다. 아이가 다섯살이나 여섯살 때였을 것이다. 병이 난 아이의 고열이 며칠 동안 내리지 않았다. 아내와 나는 아이가 죽을 수도 있다고 생각했다. 우리는 밤낮없이 아이를 돌보았고 천지신명께 빌기도 했다. 그때 밤에 잠깐 눈을 붙였다 깨어나면, 툇마루에서 강주가 치수를 돌보던 것처럼, 아내가 어둠속에서 아이의 이마를 쓸고 있었던 것이다.

마을로 돌아가 길을 오르자, 뒤에서 모터사이클이 시끄러운 소리를 내며 올라 내 곁을 지나더니 영남의 집까지 올라갔다. 가죽점퍼 청년은 날마다 감시하라고 명령받은 모양이었다. 영남의 집으로 올라가니, 그가 전날처럼 크게 라디오를 틀어놓고 캔맥주 하나를 막 따고 있었다. 여자들의 수다스러운 이야기 소리가 마당으로 흘러들어왔다.

강주가 저녁상 차리는 걸 거들었고, 그동안 치수가 기운을 차려 일어났다. 저녁을 먹은 뒤에 치수가 전날처럼 대문 밖을 기웃거렸다. 나는 아이를 제지하지 않았다. 저녁 설거지를 끝냈을 때는 한상원과 배영주가 전날 영남과 약속한 대로 집을 찾아왔다. 그러자 곧 라디오 소리가 마을을 내려갔다.

밤에 꿈에서 아내를 보았다. 아내를 보는 것이 두려워 잠든 가운데서도 아내를 만날 기미가 보이면 반사적으로 깨어나곤 했는데, 그 밤에 나는 아내를 거부하지 않았다. 평화로운 꿈이었다. 아마 몇 해 만이었을 것이다.

수치

　자리에 누워 영남이 밥을 지으며 내는 달그락거리는 소리를 들었다. 그 소리가 나를 까마득한 시절로 이끌었다.

　일고여덟살 때쯤이었던가? 마을에서 어둑할 때까지 놀다 들어가 어머니에게 호되게 꾸중을 들었다. 그날 어머니는 작정한 것이 있었던 듯, 나를 마당에 세워두고 캄캄할 때까지 안으로 들어오지 못하게 했다. 어두운 마당에, 불이 들어온 부엌 창문으로 달그락거리는 소리가 흘러나오곤 했다. 나는 마당에서 내내 울었다. 그 울던 아이가 아침에 눈앞에 또렷했다.

　오전에 멀지 않은 곳으로 외출이라도 나갈 생각이었다. 아침식사 뒤에 그 얘기를 꺼내려고 영남에게 가니, 그가 마치 출근이라도 하듯 출토지로 내려갈 채비를 이미 차리고 있었다. 거기에 편승해 아이들까지 마치 여행의 목적이 애초부터 출토지 탐방이었다는 듯 자연스럽게 그 뒤를 따르려 했다. 승리에의 도취란 아이들에게는 한낱 신기루에 지나지 않는다는 걸 여실히 봤을 텐데도, 영남은 그런 아이들을 다스리기는커녕 오히려 아이들의 인자한 아버지라도 된 것처럼 마당 한쪽에 서서 흐뭇하게 지켜보았다. '인자한 아버지와 말 잘 듣는 아이들'이라는 그 연극은 나를 배제한 채 평화롭게 흘러갔다. 나는 그 기괴한 연극을 참고 지켜볼 수 없었다.

아이들이 인자한 아버지를 따라 모터사이클에 오르려 할 때, 나는 연극의 극적인 반전을 연기하듯 뛰어들어 아이들에게 그 아침뿐 아니라 여행 기간 내내 출토지에 가는 것을 금지한다고 선언했다. 아이들은 예상치 못한 돌출에 놀라 입을 벌리고 쳐다보았다.

"거긴 한번 갔으면 됐어. 몇번씩 갈 곳이 아니다."

치수가 영남을 쳐다보다가 길길이 뛰었다.

"왜요! 이제 위험하지도 않잖아요!"

"거길 다시 가서 뭘 하겠다는 거냐! 거긴 너희들이 갈 데가 아니야!"

얼굴이 새하얗게 질린 치수가, 남영욱의 모터사이클 분해 조립 시범을 보다 울음을 터뜨렸던 그 대추나무 아래로 펄쩍펄쩍 뛰어갔다.

"난 무조건 갈 거예요! 어제 형들하고 약속했단 말이에요!"

나는 그 말을 무시했다.

"이제 시위도 안하잖아요!"

"그럼 뭐하러 또 간다는 거냐?"

"어제 정부에서 발표를 했잖아요! 오늘은 또 어떻게 되나 봐야죠!"

"정부가 재조사를 받아들였으면 이제 시위도 끝난 거야. 거기 사람들도 이제 하나둘 집으로 돌아갈 거다."

"그건 가봐야 알죠!"

"너희들이 그 일에 왜 나서는 거냐! 그건 그 사람들 일이야!"

"안돼요! 가야 돼요!"

치수는 도움을 호소하며 영남을 쳐다보았다. 영남은 나를 의식한 듯 그 자리에 그대로 선 채 아무 말도 하지 않았다. 그러자 강주가 아직 연극이 끝나지 않았다는 듯, 보란 듯 내 앞을 지나 대문을 향해 걸어가며 말했다.

"우린 갈 거예요! 안 데려다주면 버스라도 타고 가면 되지, 우리가 뭐 꼭 허락받고 가야 되나?"

내 분노의 대상은 아이들이 아니라 영남이었지만, 그 순간에 나는 둘을 구분할 분별력이 없었다. 나는 자제력을 잃고 집이 떠들썩할 만큼 크게 소리쳤다.

"안된다면 안되는 줄 알아!"

한동안 마당에 침묵이 흘렀다. 다시 강주가 보란 듯 내 앞을 지나 성큼성큼 방으로 올라서더니, 내 고함 소리 이상으로 크게 소리를 내어 방문을 닫고 들어갔다. 마당 한쪽에서 침울하게 서 있던 치수도 들고 있던 가방을 평상에 내팽개치더니 옆방으로 들어갔다.

"어서 가게. 다시 가겠다고 나설지 모르니까."

내가 말하자, 영남은 멋쩍게 달아오른 얼굴로 내 시선을 피하다가 모터사이클에 올라 혼자 마을을 내려갔다.

흥분한 기분을 가라앉히려 마당을 쓸고 있자니, 방에서 강주가 흐느끼는 소리가 새어나왔다. 그 소리가 듣기 싫어 빗자루를 놓고 나는 아예 집 밖으로 나갔다.

궐기대회에 나가기 시작한 뒤로 노인들은 밭일도 미룬 듯, 뙤약볕을 피해 밭을 돌볼 시각에 마을에 나다니는 사람이 없었다. 올림픽 찬가 소리에 맞추어 하루를 시작했다가, 그 소리와 함께 돌아오며 하루를 마치는 모양이었다.

뒷산을 오를 때 멀리서 어김없이 올림픽 찬가 소리가 다가왔다. 노인들은 그 소리만을 기다리고 있었다는 듯, 소리를 듣자마자 하나둘 밖으로 나와 마을 아래를 바라보았다. 그 모습이 아침 연극만큼 흉했다. 평화와 화합을 노래하는 목소리가 다시 크게 마을을 울렸다. 연출자가 말한 것처럼, 정부의 재조사 수용 따위에는 콧방귀도 뀌지 않는 듯했다. 뒷산에서는 노인들의 모습만 눈에 들어와, 그곳을 피해 다시 집으로 내려갔다. 그때까지 강주가 울고 있다면 차라리 출토지로 가버리라고 내보낼 작정이었다.

도착하니 집에 아무도 없었다. 평상에 던져놓았던 치수의 가방도 보이지 않았다. 집 밖으로 나가 마을 아래를 내다보니, 눈에 들어오는 것은 마을 노인들과 승합차들뿐이었다. 전날 몰래 시위대 속으로 뛰어들더니 사람 눈을 속이는 데 재미를 들인 모양이었다.

빈집에 울리는 올림픽 찬가 소리가 마치 나를 조롱하는 듯해, 집을 나섰다가 귀농 아낙의 집에 들러 전화부터 빌렸다. 영남은 내 얘기를 듣더니, 아침 내내 거북하던 것이 일소되었다는 듯 유쾌하게 웃음부터 터뜨렸다.

"으하하! 그것 봐. 강제로 뭘 하라고 하면 반발하는 나이란 말이지. 자네 완전히 한방 먹었군. 그래, 어쩔 셈인가. 자네도 이리로 올 참인가?"

"자넨 대체 뭐가 그렇게 즐겁나? 그러지 않아도 지금 또 협회에서 왔네. 그놈들 보고 있으니 속이 거북하군. 버스 타고 그리로 갈 테니 아이들이 가거든 잘 단속해두게."

"하하, 걱정 마. 아주 따끔하게 야단쳐서 데리고 있을 테니까. 그래도 이봐, 그렇게 해서 애들이 가려는 데가 어딘가? 엉뚱한 데 가서 허튼짓이나 하는 애들이 아니란 말이야."

"그런 소리는 듣고 싶지 않네."

나는 전화를 끊고 마을을 내려갔다.

마을 중턱에서 청년들이 노인들을 데리고 내려가고 있었다. 그 곁을 지날 때, 전날처럼 주시하는 시선이 느껴져 돌아보니 청년 하나가 나를 보고 있다가 시선을 돌렸다. 그것이 느낌만은 아니었음을 마을 어귀에 남아 있던 중년남자가 곧 증명했다. 내가 내려가는 내내 그는 내게서 시선을 떼지 않았다. 그 앞에 다다랐을 때는 나도 그를 정면으로 쳐다보았다. 그때도 그는 내 시선을 피하지 않고 있다가 내가 그 앞을 지나 버스정류장 쪽으로 접어들자, 들으라는 듯 뒤에서 무슨 말까지 지껄였는데, 알아듣지 못한 그 말 가운데 "따라지 새끼" 한마디만은 귀에 또렷이 들어왔다. 길을 걷고 있으니, 곧 뒤에서 올림픽 찬가 소리가 다가오더니 승합차 세대가 태극기를 펄럭이며 내 곁을 지나갔다.

출토지 풍경은 전날과 그다지 다르지 않았다. 격정이 지나간 자리에 약간 허탈감이 감돌았다. 전투경찰들도 그 길의 정물처럼 그대로였다. 시위대 사람들은 주로 천막 안에 들어앉아 있었다. 일부는 그때껏 전날 잔치의 남은 것들을 치우고 있었고, 포스터나 팻말 같은 시위도구를 만들거나 소식지를 나눠주는 사람은 그날 아침에 눈에 띄지 않았다.

어떤 천막에서는 몇몇이 심각한 얼굴로 이야기를 주고받고 있었는데, 그들에게는 전날의 희열은 이미 사라진 듯했다. 덤프트럭들은 무심히 언덕길을 올라 공사장을 드나들었다. 그 모습은 정부에서 재조사 요구를 수용하든 말든, 그리하여 그 길에 푸른 천막이 늘거나 줄든, 전투경찰이 철수해 그 길의 빛깔이 좀더 화사해지든 눈에 들어올 것도 없다는 것이었다. 그것은 그 트럭들이 싣고 간 재료들을 먹고 하루에도 몇자씩 커가는 언덕바지의 콘크리트 건물도 마찬가지였다. 언덕길에서 타워크레인 쪽을 올려다보니 먹구름이 가까이 내려앉아 있었다. 오후쯤에는 비가 올 듯했다.

한상원이 한 천막 안에서 분장행렬 때 쓰던 소품을 정리하다 나를 보고 밖으로 나왔다. 그도 밤새 격정에 들떴는지 얼굴이 푸석하고 뒤로 묶었던 머리까지 풀어 늘어뜨려 그때는 마치 다른 사람 같왔다.

"어젠 왜 그냥 가셨어요? 강주하고 치수라도 두고 가시지. 애들 보고 싶다는 사람들이 꽤 많았는데요."

그는 나오자마자 맨손으로 얼굴을 여러번 문질렀다.

"어제 강주 보셨죠? 단상에 올라갔을 때요. 햐, 말 잘하던데요? 전 정말 놀랐습니다. 제 개인적인 생각으로는, 그 장면이 이번 싸움에 화룡점정이었다고 봅니다. 정말 의미있는 장면이었어요."

"의미요?"

"아이들이잖아요. 그런 순간에 아이들이 있다가 그 기억이 대를 이어가는 거죠. 얼마나 뿌듯했는데요."

나는 쓸쓸하게 웃을 수밖에 없었다.

"그나저나 어떻게 되는 겁니까? 철수하는 겁니까?"

내가 물었다. 그는 천막 쪽을 내다보았다.

"글쎄요. 아직 확실한 건 없습니다."

"그래도 이제 전경들과 맞설 일은 없잖습니까?"

"없죠. 그래도 당분간은 남아 있어야지요. 앞으로 어떻게 될지 모르니까."

"무슨 일이 또 있습니까?"

그는 잠시 생각하다가 대답했다.

"이대로 떠났다가는 정부의 농간에 넘어갈 수도 있으니까요. 신 중해야죠."

"그런가요? 이제 다들 돌아가서 발 뻗고 잘 생각 하며 좋아할 줄 알았는데……"

　그렇게 말하고 웃었는데, 무슨 일인지 그 말이 심기를 건드린 모양이었다. 그는 말없이 얼굴을 찌푸리고 있다가 조용히 말했다.

　"다들 그러더라고요. 어제 잔치에 마을 주민들을 초대했었거든요. 거기서도 다들 묻는 거예요, 하하. 이제 떠나는 거냐고요. 마치 떠나기만을 기다렸다는 사람들처럼요. 좀 섭섭했습니다. 뭐, 언젠가는 떠나겠지요. 여기가 집은 아니니까요. 지금 집행부에서 향방을 논의하고 있는 걸로 압니다. 곧 정해지겠지요. 참! 그래도 자축 행사는 해야죠. 그래야 연극도 할 수 있으니까요."

　그리고 나를 향해 환히 웃었다.

　"그런데 정부의 농간에 넘어간다는 건 무슨 말입니까?"

　그는 앞으로 흘러내린 머리를 한번 쓸어넘기더니 목소리를 낮추었다.

　"사실 그렇잖습니까? 어제 그런 얘기 하셨잖아요. 재조사를 해도 다시 인민군이 죽인 걸로 결론이 날 수도 있지 않으냐고요. 사실 저도 그걸 걱정하고 있습니다. 다시 조사를 한다고 해서 정부가 진실을 내놓을 거라는 보장은 없잖습니까? 이대로 떠났다가 다시 같은 결론을 내리면 우리만 당한 꼴이고요. 그땐 다시 사람들을 모으기도 힘들 겁니다. 정부가 그걸 노리고 있는 건지도 모르죠. 그래서 신중히 움직이려는 겁니다."

　그 말은 역시, 진실을 찾는다기보다 자기들 주장이 옳다는 것이 드러나기만을 바란다는 뜻 같았고, 시위대가 대외적으로 '진실'을 표방하고 있는 걸 고려하면 듣기에 거북한 것이었다. 나는 더 물어보려다가 그가 불편해할 것 같아 그만두었다. 그러자 오히려 그가 내 심중을 읽었다는 듯, 사람들을 내다보며 혼잣말처럼 중얼거렸다.

"미군이 죽인 건 확실합니다."

그는 다짐하듯 굳게 입을 다물었다. 그리고 다시 머리를 쓸어올리더니, 인사를 하고 천막으로 뛰어가다 뒤를 돌아보며 소리쳤다.

"이제부터는 진짜 제대로 연극 연습을 해야죠!"

그와 헤어져서는 다시 언덕길을 둘러보았다. 그의 말을 들은 뒤로는 전날 그 길을 가득 메웠던 사람들의 열기와 눈물, 환호성이 의심스러웠다. 그것은 죽은 자들을 위한 것이었을까? 한상원처럼 그저 자기 신념이 세상에 관철되기를 바랐던 것뿐일까?

천막에서 보이지 않던 영남이 언덕길 아래에서 강주를 태우고 올라왔다. 그는 내 앞에 멈추어 헬멧을 벗고 말했다.

"잠깐 할 이야기가 있네."

그는 나를 길 한쪽으로 데리고 갔다.

"일이 좀 있었어. 애들이 오다가 요 아래 주택가에서 그 가죽점퍼 입은 놈을 만난 모양이네. 그놈이 치수에게 모터사이클을 태워주겠다고 하면서 시내로 데려갔다는군."

"협회에서 왔던 그놈 말인가?"

"응, 그 젊은 놈. 한바퀴 돌고 온다고 했다는데 아직 안 왔네."

그리고 손목시계를 들여다보았다.

"무슨 소린가?"

"걱정할 일은 아니야. 치수 녀석이 졸랐을 테지."

"얼마나 됐나?"

"한 한시간 됐네."

나는 강주에게 물었다.

"본 대로 말해봐. 왜 치수가 그 녀석을 따라갔어?"

강주는 항변하듯 말했다.

"버스에서 내려서 오는데 그 사람이 부르는 거예요! 가지 말라고 했는데 치수가 가서…… 둘이 얘기하더니 그 사람하고 시내 한 바퀴 돌고 오겠다고 가버렸어요. 난 가지 말라고 말렸는데……"

"잘하는 짓이구나. 잘도 속이고 나가더니!"

아이는 고개를 숙이고 아무 말도 못했다.

"시내 한바퀴 도는 데 얼마나 걸리나?"

나는 영남에게 물었다.

"그거야 하기 나름이겠지. 너무 걱정하지 말게. 모터사이클 좋아하는 놈 둘이 나갔으니 기분 내러 좀 멀리 갔을 수도 있어. 달리기에는 변두리 쪽이 좋으니까. 좀더 기다렸다 안 오면 내가 나가서 찾아보지."

"치수가 자네 전화번호는 알고 있지?"

"알아. 무슨 일 생기면 전화할 거야. 걱정 말게."

하지만 불길한 생각이 들지 않는 것은 아니었다. 얼마 후에 영남이 시내로 나가 한바퀴 돌고 돌아왔다. 그뒤로 다시 나와 같이 도시 곳곳을 돌아다녔다. 시내에서는 가죽점퍼나 치수 또래들이 들어갈 법한 곳은 눈에 띄는 곳마다 들어가보았지만 찾을 수 없었다. 우리는 변두리 쪽으로 나가기 전에 먼저 역에 들렀다. 그것은 협회에서 수상한 짓을 하는 것일 수도 있다는 점을 염두에 둔 것이었지만, 그런 불길한 말은 둘 다 입에 담지 않았다.

나른한 역 광장에 시끄러운 올림픽 찬가 소리를 배경으로 노인들의 구호가 힘없이 흘러다녔다. 궐기대회 첫날처럼 정장 입은 청년들이 시위를 주도하고 있었다. 우리는 그 주변과 역사를 두루 둘러보았다. 치수나 가죽점퍼 청년, 그 청년의 모터사이클 하나 찾을 수 없었다.

적어도 무슨 일이 일어난 것만은 틀림없었다. 협회가 아이를 두고 수작을 부린다는 생각은 하지 않았다. 영남의 '눈알을 파낼'지언정, 굳이 아무 관계도 없는 아이를 해코지할 이유가 있을까? 가죽점퍼 청년이 그 미성숙한 정신 그대로, 아이와 함께 장난을 치고 있는 듯했다. 나는 일부러 궐기대회를 주도하는 청년들 앞으로 가 그들 눈에 띄어 나를 알아본 기색에서 감추려는 게 있는지 알아보았다. 청년들은 여느 때와 같았고 나에 대해서는 무관심한 듯했다.

다시 시내로 나가 돌아다녔다. 그뒤에 영남의 마을로 돌아가 집과 마을 주변을 돌아다니다 한동안 변두리 쪽을 돌아다녔다. 그때껏 전화 한통 없는 것이, 시간이 갈수록 의심이 가는 쪽은 협회였다. 사고가 난 게 아니라면, 그들이 수작을 부리는 듯했다.

비가 올 듯했다. 우리는 다시 시내 곳곳을 돌아다녔다. 오후 두시

가 넘어, 몇번 들렀던 시내의 패스트푸드점 앞으로 가 쇼윈도우를 통해 안을 들여다보고 있을 때, 처음으로 영남의 전화기에서 벨이 울렸다. 영남은 전화를 받자마자 얼굴이 굳어, 가게 옆 한적한 골목으로 뛰어들어갔다. 모르는 사이에 빗방울이 떨어졌던 듯, 영남이 가고 난 자리에 빗방울 무늬가 남아 있었다. 나는 협회의 전화라는 걸 직감했다.

영남은 골목 안에서 얼굴이 흙빛이 되어 서 있었다.

"그놈들인가?"

내가 물었다.

그는 넋이 나간 듯 서 있다가, 고개를 돌려 작은 상점 하나만 덩그러니 있을 뿐인 골목 안쪽을 들여다보았다.

"뭐하는 건가! 누구냐고 묻잖아!"

내가 소리치자 그제야 나를 돌아보았다.

"맞네, 그놈들이야. 그 콧수염 기른 놈…… 그놈 목소리 같네. 애를 데리고 있으니 데리러 오라는군."

그는 목소리를 가늘게 떨었다.

"데리러 오라니? 무슨 짓을 하자는 거야?"

"연극을 포기하겠다는 각서를 써오라는군. 흥, 그게 이유네. 어린애를 데려간 이유가 고작 그거란 말이야. 새끼들, 어지간히 유치한 놈들이군."

그는 주머니에서 담배를 꺼내 물었다.

"애는 무사하다는 건가?"

"그렇다는군."

협회의 짓이라면, 이유라 할 것은 그뿐이었기에 새삼스럽지는 않았다. 하지만 왜 이제 고작 열여섯살 된 아이를 데려간단 말인가? 그렇게도 연극이란 것이 대단한가? 연극을 막아서 하려는 그들의 일이란 것이 그 정도로 대단한가? 아니면, 영남이나 내가 그저 기댈 곳 없는 약자여서, 뭍으로 올라온 개구리는 이유 없이 꼬챙이로 찔러보듯, 어떤 식으로든 고통을 주어야 속이 시원한 건가?

영남은 골목 안쪽을 들여다보며 말없이 담배만 피웠다. 나는 그가 두려웠다. 그가 무슨 생각을 하는지 알고 싶지 않았다.

"데리고 오지."

내가 말했다. 그는 대답하지 않았다.

"무슨 생각이라도 있는 건가?"

그는 담배연기만 내뱉었다.

"내가 데려오겠네. 어디라던가?"

내가 말하자 그는 조용히 고개를 돌려 나를 쳐다보았다. 뭔가 망설이는 그 눈빛을 나는 외면했다.

"시간이 없어. 치수 걔는 환자야. 어쩌면 지금쯤 정신을 잃었을지도 모르네."

"경찰에 신고하는 게 어떤가?"

그가 조심스럽게 물었다. 나는 그 말을 참을 수 없었다.

"신고? 데려오면 될 것을 신고를 하자고?"

"그런 놈들에게 굴복할 순 없네."

"굴복? 지금 어린애가 납치됐는데 자존심을 따지겠다는 건가? 자네 자신을 위해서?"

그는 나를 외면하고 다시 골목 안쪽을 들여다보았다. 그곳에는 물론 상점 하나만 있을 뿐이었기에, 그 무의미한 짓을 더욱 참기 힘들었다.

"남의 애를 맡아놓고 납치됐다고 알릴 수는 없네. 각서만 쓰면 간단한 일 아닌가? 일을 크게 만들 필요 없어. 어서 각서를 써. 주소를 가르쳐주든가. 애는 내가 데려오겠네."

그는 나를 외면한 채 아무 말도 하지 않았다. 담배를 든 그의 손이 추운 듯 떨었다.

"어서 어디인지 말해! 각서를 쓰든가!"

외면하고 선 그의 앞으로 가 정면으로 노려보았다. 그가 고개를 숙였다가 천천히 들었다. 그의 얼굴이 수치로 붉게 물들어 있었다. 나는 그의 멱살을 잡고 담벼락까지 밀어붙였다.

"당장 써! 안 그러면 네놈 모가지를 부러뜨릴 거다!"

그가 멱살을 잡힌 채 고통을 담은 눈빛으로 나를 쳐다보았다.

"자네가 갔다 와주게. 미안하네……"

그는 나의 시선을 피했다. 나는 그의 멱살을 놓고 그의 주머니를 뒤져 전화기를 뺏어 협회의 번호로 전화를 걸었다. 목소리가 콧수염을 기른 자가 틀림없었다.

"강영남의 친구 되는 사람이오. 내가 갈 테니 주소를 알려주시오."

그자의 목소리는 냉랭했다.

"당신이 왜 와? 그놈더러 오라고 해."

"각서만 쓰면 될 것 아니오. 다시 연극을 하면 그때는 무슨 짓을 해도 좋다고 쓰면 되잖소!"

"어이, 이봐, 흥분하지 마. 그리고 당신하곤 상관없는 일이야."

"그애의 보호자는 나요! 내 애나 다름없소! 그럼 누가 각서를 써야겠소? 내가 가서 써야 할 거 아니오!"

남자는 뚜렷하지 않은 말을 중얼거리더니 곁의 누군가와 이야기를 나누었다. 나는 기다렸다. 그들은 수군거렸다. 그들. 마을 노인들을 보며 상상해보았던 그들.

"좋다. 그럼 와. 그리고 오기 전에 한가지만 약속하자."

"뭐요?"

"여기 와서는 지금처럼 흥분하지 마, 알았어?"

나는 그들의 위치를 듣고 전화를 끊었다. 영남은 담에 몸을 기댄 채 내게서 등을 돌리고 서 있었다.

"애 데리고 올 테니 집에서 보세."

그는 움직이지 않았다. 나는 골목에서 나가 택시를 불러세웠다. 돌아보니 그가, 여전히 상점 하나밖에 없는 골목 안쪽을 물끄러미 바라보고 있었다.

시내를 가로지른 택시는 한적한 주택가의 작은 사거리에 멈추었다. 콧수염이 말한 곳은 그 사거리 한귀퉁이를 차지한 삼층짜리 낡은 건물이었다. 건물은 해를 등져 그늘져 있었다. 오래된 건물이었다. 삼층 유리창에 붉은 쎌로판지를 붙여 만든 글자들 가운데 맨마지막 글자 '회'의 모음 'ㅣ'가 반쯤 떨어져나가 달랑거렸다. 택시 안에서 상상했던 모습과 그다지 다르지 않았다. 지역 토박이이자 그곳의 오랜 유지였을 그들은 굳이 자신을 드러낼 필요가 없을 것이다. 열여섯살짜리 아이를 납치해 이익을 흥정하면서도 조금도 부끄러워하지 않는 자들. 그들은 자신의 행동이 정당하다고 생각할까? 그저 무뢰한일 뿐인가? 하지만 그 건물 앞에 섰을 때 여전히 짐작이 기우는 쪽은, 그들이 상대하는 자가 북에서 탈출한 가난뱅이일 뿐이라는 사실이었다. 이익을 위해 노인들을 데려다 땡볕에 세워놓는 자들에게, 굶주림에서 도망쳐 다른 나라에 삶을 구걸한 자들만큼 저열한 수준의 인간이 또 있을까?

건물로 들어서서 이층으로 올라갈 때, 위에서 정장 입은 청년 둘이 내려오다 나와 마주쳤다. 둘은 나를 보자마자 하던 대화를 멈추고 조용히 내려갔다. 삼층에는 사무실과 화장실뿐이었다. 나는 사무실로 들어갔다. 널따란 실내에 청년 둘이 거리 쪽 창문가에 서서 밖을 내다보고 있고, 감색 소파에 콧수염이 비스듬히 누워 텔레비전을 보고 있다가, 나를 알아보고는 곧바로 텔레비전을 끄고 일어나 다가왔다.

"강영남이 친구지?"

"그렇소. 애는 어디 있소?"

그는 내 말을 무시하고 창가의 두 청년을 향해 턱짓으로 무언가

지시했다. 청년들은 사무실 안쪽에 딸린 방으로 가, 안에 있는 누군가에게 내가 왔음을 보고했다.

"강영남이 그놈이 왔어야 하는데…… 어쨌든 당신이라도 보겠다고 하니까 잠깐 안쪽에 들어갔다가 가. 각서는 나와서 쓰고."

"보다니, 무슨 소릴 하는 거요?"

"회장님이 할 얘기가 있어서 부른 거야."

"회장님? 그리고 지금 불렀다고 했소? 이보시오, 난 지금 납치당한 애를 찾으러 온 거요. 쓸데없는 소리 하지 말고 애나 내놓으시오!"

콧수염은 나를 빤히 쳐다보며 힘을 주어 낮게 말했다.

"내가 전화로 말했지? 여기 와서 흥분하지 말라고. 좋아, 이해야 안되겠지. 그래도 들어갔다 와. 나한테 얘기해봐야 아무 소용 없어. 애는 잘 있으니까 아무 걱정 하지 말고. 긴 얘기 하라는 거 아니야. 잠깐 얘기만 듣고 나오면 돼."

"얘기 따위 들을 생각 없소. 어서 애를 내놓으시오. 각서는 쓸 테니."

콧수염은 나를 가만히 쳐다보았다. 그것은 일종의 위협이었다.

"애를 데려온 건 다 이유가 있어서 그런 거야. 야 이 새끼야, 우리가 무슨 깡패 나부랭인 줄 알아?"

"이유? 대체 뭔지 들어나봅시다."

"그러니까 들어가보라는 거 아니야!"

"이보시오! 어린애를 제멋대로 데려가놓고 어디다 소리를 지르는 거요!"

그가 목소리를 낮추었다.

"목소리 낮춰. 넌 지금 아무것도 몰라. 넌 신고 안한 것만 해도 다행인 줄 알아야 돼."

그때 안쪽 방에서 노인의 목소리가 카랑카랑하게 울렸다.

"왜 이렇게 어수선해!"

콧수염은 더 이야기할 것도 없다는 듯, 다짜고짜 내 팔을 잡아 그쪽으로 데려갔다. 나는 방으로 들어가지 않고 그 앞에서 버텼다.

"애 데려가고 싶으면 들어가."

콧수염이 나를 노려보았다.

"애가 안전하다는 것부터 보여주시오."

"뭐? 이 새끼가 끝내 우리를 깡패 나부랭이로 보는구먼. 야 이 새끼야!"

다시 노인이 목소리를 높였다.

"어이, 조 실장, 대체 왜 그렇게 시끄럽냐고!"

콧수염이 강제로 나를 끌고 안으로 들어갔다. 창가 앞 책상에 앉은 노인이 나를 노려보았다.

"차 가져올까요?"

콧수염이 말하자 노인이 손사래를 쳐 그를 내쫓았다. 둘만 남자 노인이 점잖게 책상 너머 의자를 권했다.

그 의자에 앉는 것은 굴욕적이었지만, 콧수염을 상대하느니 노인의 말을 듣는 쪽이 애를 데려가는 데 빠를 듯했다. 게다가 아이만 안전하다면 나는 그들이 말하는 '이유'를 알고 싶었다. 나는 의자에 앉았다.

　백발에 살갗이 거칠고, 짐작하기로 칠십대 초반쯤 되어 보이는 노인이었다. 뒤쪽 창문 블라인드 틈으로 해가 들었다. 내가 앉은 뒤에도 그는 아무 말 없이 책상 위만 가만히 응시하고 있었다. 더운 날에 양복까지 갖추어 입은 것만 아니라면, 겉모습으로는 영남의 마을 노인들과 별반 다르지 않았다. 다만 그에게서는 어떤 '확신'의 기운이 엿보였는데, 그 확신이라는 것이 어린아이 납치까지 설명할 수 있는 것인지 그것이 궁금했다.

　불러 앉혀놓고 말이 없어 불쾌했다. 블라인드 틈으로 들어온 햇살이 그의 시선이 닿은 책상에 줄무늬를 긋고 있었다. 그는 혼자 고개를 끄덕이더니 길게 한숨을 내쉬고 손끝으로 책상 위를 톡톡 두드렸다. 마치 그렇게 나를 앞에 앉혀놓기까지 몹시 번거로웠다는 듯.

　"북한에서 왔다고?"

　그는 고개를 들어 나를 쳐다보았다. 나는 대답하지 않았다.

　"북한 어디?"

　"그런 한가한 얘기 하려고 온 게 아니오. 애를 왜 데려갔는지 그 얘기나 하시오."

　그는 고개를 끄덕였다.

　"애는 걱정하지 마. 잘 데리고 있으라고 했으니 잘 데리고 있겠지. 기왕 이렇게 왔으니 좀 천천히 얘기하지."

"난 다른 얘기는 할 이유가 없소."

그가 의자 등받이에 기댔던 상체를 천천히 일으켰다.

"그래, 그럼 그것부터 얘기하지. 그게 궁금할 테니까. 애를 데리고 온 건 자네들하고 얘기를 좀 하고 싶어서야. 안 그러면 어디 부를 방법이 있나? 내가 자네더러 여기 오라고 하면 자네가 왔겠어? 어쩔 수 없지. 애야 고생을 좀 하더라도."

"고생이라고 했소?"

그렇게 말하자 그는 돌연 나를 노려보았다.

"자넨 지금 아무것도 몰라. 그러니 시끄럽게 굴지 말고 차분히 얘기해."

그리고 경멸하듯 나를 보더니 다시 손가락으로 책상을 두드렸다.

"아까 물었던 거 대답 좀 해봐. 북 어디서 왔어? 중국으로 내려왔나?"

"대체 무슨 얘길 하고 싶은 거요?"

그는 할 수 없다는 듯 한숨을 내쉬었다.

"그래, 본론부터 얘기하지. 그쪽이 얘기하기야 쉽겠지. 자네는 지금 자기 사정이 어떤지도 모를 테니까."

그리고 두 손을 싹싹 마주 비볐다.

"내가 어제 아는 사람에게 물어봤네."

그는 담배를 하나 꺼내 물어 불을 붙였다.

"내가 아는 사람이라고 해서 그냥 아는 사람은 아니야. 법조계에 있던 사람이야. 그 사람한테 가서 골치 아픈 일이 하나 있는데 어떻게 해야 되느냐고 물었지. 북한에서 온 탈북자 둘이 전쟁 때 학살이 미군이 저지른 짓이라고 날조해서 사람들을 선동하는 연극을 만들고 있는데 어떻게 해야 되느냐고. 그 사람도 대체 무슨 일이냐고 묻더구먼. 나도 모르겠다고 했지. 나도 모르잖아? 그랬더니 왜 당장 신고를 하지 않느냐고 날 나무라는 거야. 당장 감방에 집어넣을 수 있다고."

그는 재떨이에 담뱃재를 톡톡 털었다.

"사실 나도 그렇게 생각하고 있었어. 확인하려고 물어본 거지. 자네, 여기 내려온 지 얼마나 됐나?"

나는 대답하지 않았다.

"얼마나 됐는지는 모르지만, 자네, 이 사회가 그런 문제 하나에는 너그럽지 않다는 것쯤은 알 거야. 내가 그 사람 얘기를 듣고 어젯밤에 고민을 많이 했어. 신고를 해서 편하게 처리를 할까, 그래도 고생해서 내려왔을 텐데 한번 불러서 기회를 줄까. 자네한테 애가 있다는 얘기도 들어서 알고 있어."

그가 내뱉은 담배연기가 블라인드 틈으로 들어온 햇살 속으로 번졌다.

"신고를 했으면 지금쯤 애를 데리고 가기는커녕 애 얼굴도 못 보고 있겠지. 어디 들어가서 조사를 받고 있을 거 아닌가. 자네들이 무슨 수가 있나? 솔직히 말해서 자네들이 이 사회에서 무슨 힘이 있나? 돈이 있나, 백이 있나? 그런 처지에 왜 그런 짓을 하고 다녀? 자네들은 자네들 스스로 얼마나 위험한 짓을 하고 있는지 모르는 것 같더구먼. 알면 그런 짓을 할 리는 없지. 알고 한다면 그거야 완전히 간첩이고. 어쨌든 그래서 신고를 할까 하다가, 사람들한테 자네들을 좀 데리고 오라고 시켰어. 그랬더니 애를 데려왔나봐. 그거야 할 수 있나? 애가 문제가 아니라 자네들 인생이 왔다 갔다 하는 일이야. 애야 잠깐 힘들겠지만 참아야지. 그래도 자네들은 다행인 줄 알아야 돼. 신고 안하고 이렇게 데리고 온 걸."

그는 담배를 비벼 끄고, 다시 등받이에 몸을 기대 먼 시선으로 나를 쳐다보았다.

"자네도 내려올 때 고생 많이 했지? 그래서 아까 내가 물어본 거야. 어디서 내려왔는지 어떻게 내려왔는지. 그렇게 고생해서 온 사람들을 감옥에 넣는다는 게 나도 안타깝지. 그리고 솔직히 말해서 자네들이 진짜 빨갱이나 간첩 같지는 않더라고. 그렇지? 내가 제대로 본 거 맞지? 아니면 내가 완전히 오판했다는 건데 그럼 이렇게 불러다놓은 것부터 큰일이지. 어때, 내 판단이 맞나?"

나는 대답하지 않았다. 그는 가만히 나를 들여다보았다.

"오히려 내 눈에는 좀 어리숙해 보이더구먼. 먹고살기 힘들어서 여기까지 고생해서 내려와놓고 연극이니 뭐니, 그게 다 무슨 짓인지 알 수가 없더란 말이지. 그래서 부른 거야. 일단 자네들이 어떤 처진지 좀 알려줘야겠고, 대체 무슨 짓을 하는 건지 나도 좀 알려고. 한마디로 궁금해. 이봐, 자네들 대체 왜 그런 짓을 하고 돌아다니는 건가? 어디 속 시원하게 말 좀 해봐."

그가 비벼 끈 꽁초에서 가늘게 연기가 올랐다. 나는 그 연기만 바라보았다. 그는 잠자코 내 말을 기다렸다.

"그렇다고 꼭 애까지 데려갔어야 했소?"

그가 의자 등받이에 기댔던 상체를 일으키며 나를 노려보았다.

"아직 내 말을 모르겠어? 자넨 지금 애 타령 할 때가 아니야. 곱게 말할 때 알아들어야지. 신고하면 잡아간다는 말이 공갈로 들리나? 그럼 원칙대로 할까? 그러면 나야 편하지. 내가 왜 자네 사정까지 들으려고 이 고생을 해? 내가 말했지, 이렇게 부른 건 기회를 주는 거라고. 아직도 자네 처지가 어떤지 모르겠나?"

그의 말이 사실이든 아니든—아니, 사실일 것이라 생각했다—나도 그때는 치수를 데려간 일만을 따지고 싶지는 않았다.

"왜 연극을 하는지 그걸 알고 싶단 말이오?"

"그렇지. 대체 이유가 뭐야? 북에서 내려올 때는 다들 사선을 넘는다고 하던데, 그렇게 어렵게 내려왔다면 잘 먹고 잘살 궁리나 할 것이지, 대체 연극 같은 걸 왜 만들어? 더구나 있지도 않은 일을 꾸며가지고."

그에게 대답할 말은 없었다. 사실 나도 이유를 몰랐다. 내가 대답을 망설이자 그가 밖에다 소리쳤다.

"이봐, 조 실장!"

콧수염이 문을 열고 들어왔다.

"시원한 차 두잔 갖고 와."

콧수염이 문을 닫고 나갔다. 노인은 차가 올 때까지 다시 묻지 않았다. 곧 정장 입은 청년이 들어와 찬 녹차 두잔을 내려놓았다.

나는 말했다.

"그 연극은 미군이 학살했다고 선동하는 연극이 아니오. 죽은 자들을 추모하자는 연극이오. 억울하게 죽은 사람들을 위로하고 참회하자는 취지로 들었소. 그리고 본래 그 연극은 다른 사람이 하려던 거요. 그 사람이 못한다고 해서 내 친구가 이어받은 거요."

"그래, 그 얘긴 들었어. 그래서 내가 자네들이 빨갱이는 아닌 것 같다고 한 거야. 본래 신분가 뭔가가 하려던 거 이어받은 거래서. 그리고 참회? 이봐, 자네들 그렇게 한가한가? 자네들이 뭔데 나서서 그런 걸 하자고 연극까지 만들어? 신부가 하자는 건 또 이해해. 신부야 그게 직업 아니야? 자네들은 대체 뭐야? 무슨 이유로 그런 걸 하자고 해? 그리고 그것도 좋아. 대체 왜 사실을 날조해? 왜 미군이 죽였다고 떠들어?"

그가 목소리를 높였다.

"그 연극은 정치적인 목적이 있는 게 아니오. 그 이상은 나도 모르오. 내 친구가 하는 일이라."

그는 손사래를 쳤다.

"아니야. 그런 소리 하지 마. 자네야 잘 알고 있겠지. 이봐, 적어도 내가 신고는 안하게 해야 할 거 아니야? 내가 그런 대답이나 들으려고 자네를 불렀을 것 같나? 얘기해봐. 왜 미군이 죽였다고 떠들고 다니는지."

"연극을 하려고 해도 배우가 없어서 못했답디다. 그래서 할 수 없이 시위하러 온 사람들 힘을 빌리려고 한 거라고 들었소. 그 때문에 대본도 바꿨다는 거요. 어쨌든 그건 어느 쪽이 범인이든 상관 없다는 뜻이오. 정치적인 목적이 있는 게 아니니까."

"정치적인가 아닌가 하는 건 자네들이 판단할 일이 아니야. 지금 세상이 얼마나 시끄러운데 사실을 날조해놓고 혼자 정치적인 목적이 없다느니 하는 거야? 그러니까 그 데모하는 새끼들하고 같이 하려고 대본을 그렇게 만들었다, 이 말이야?"

"그렇소."

"미쳤군."

그는 다시 의자 등받이에 몸을 기대며 길게 한숨을 내쉬었다. 그는 잠시 벽을 바라보고 있다가 내게로 고개를 돌렸다.

"미쳐도 아주 단단히 미쳤어. 자네 친구라는 그놈, 지금 세상이 어떻게 돌아가는지 완전히 벽창호야? 경찰서가 아니라 정신병원에 데려가야 될 놈이구먼. 그놈 대체 왜 그렇게 연극을 하려는 거야? 응? 무슨 이유가 있나? 참회? 그 무슨 지랄 염병 떠는 소리야? 아니, 연극하려고 이 나라까지 죽을 고생 해서 왔나? 그놈 좀 수상한 놈 아니야?"

그 이유는 나도 몰랐다.

"그 친구는 여기 내려오면서 자기 식구들을 다 잃었소. 거기에 죄책감이 있는 사람이오. 그래서 식구들 대신 억울하게 죽은 사람들의 넋에 사죄하고 싶은 거요. 다른 사람들이 쉽게 이해할 수 있는 일은 아니오."

"뭐? 식구들한테 사죄를 하고 싶어서 그런다고?"

"그렇소."

"그게 다야?"

"그 이상은 나도 모르오."

"아니, 그게 본래 이유냐 이 말이야."

"그렇소."

"허…… 그걸 지금 나더러 믿으라는 거야?"

"처음 신부가 찾아와서 연극을 하자고 얘기를 꺼냈을 때 그것 때문에 같이 하기로 마음먹었다고 들었소."

"아니, 그것 때문에 지금 이 시끄러운 세상에 자기 혼자 그런 연극을 만들겠다고 날뛴다 이 말이야?"

나는 대답하지 않았다.

"그 친구 돌았나?"

그는 흥분해서 나를 노려보았다. 그리고 녹차를 한모금 들이마시더니 거칠게 잔을 내려놓았다.

"정말 그게 다야?"

"내가 아는 건 그뿐이오."

그의 얼굴이 붉게 물들어 있었다.

"자네들 올림픽이 뭔지 알아? 그게 어떤 건지나 알기나 해? 지금 온 국민이 힘을 모아서 잘 치르자고 하고 있는데, 뭐? 자기 식구들한테 사죄를 하고 싶다고? 내 참, 이걸 믿어야 돼 말아야 돼……"

그는 자리에서 일어났다. 그리고 두 손을 허리에 얹고 나를 노려보다, 고개를 돌려 벽을 바라보며 다시 허탈한 한숨을 내쉬었다.

"아까도 말했지만 당사자가 아니면 이해하기 어려운 일이오."

내가 말했다. 그는 작심한 듯 자리에 앉았다.

"야 이 미친 새끼들아, 내가 그걸 왜 이해해야 돼? 자기 식구들한테 사죄한다고 온 국민이 응원하는 올림픽을 망치고 있는데, 누구더러 이해하라느니 말라느니 해? 이건 도대체 말이나 되는 소리를 해야지……"

그는 나를 노려보며 한숨을 내쉬더니, 의자를 돌려 블라인드 틈새로 밖을 내다보았다. 그 찡그린 얼굴로 회한의 빛이 지나갔다. 신고라는 간단한 방법을 쓰지 않은 걸 후회하는지도 몰랐다. 그가 다시 의자를 돌려 나를 바라보았을 때 그 목소리는 어느정도 가라앉아 있었다.

"자네 남한에 온 지 얼마나 됐나?"

"사년 됐소."

"꽤 됐군. 난 엊그제 온 줄 알았지. 이 나라 사정을 하도 모르기에."

그리고 다시 마음을 가라앉히려는 듯 천천히 차를 마셨다.

"이봐, 자네, 올림픽이 뭔지 아나?"

나는 대답하지 않았다.

"북한에서는 평화의 제전이라고 하던가? 아니, 여기 사람들이 그렇게 얘기하던가? 세계인의 축전? 그건 참가하는 사람들 얘기지, 주최하는 쪽에서는 간단히 말해서 장사야, 장사! 그 이상도 이하도 아니야! 자네, 이 올림픽 유치하는 데 돈이 얼마나 들어갔는지 알아? 자네는 상상도 못할 어마어마한 돈이 들어갔어. 그런 돈을 쏟아부었는데 장사가 아니면 어쩔 건데? 들인 만큼 안 벌어들이면 어쩔 거냐 말이야. 자선사업이라도 하는 줄 알아? 그리고 애초에 벌어들일 게 없으면 왜 그렇게 기를 쓰고 유치를 했겠어? 다른 나라들은 왜 그렇게 기를 쓰고 유치하려고 들겠어? 세계인의 축제를 만들기 위해서 기를 쓰겠어, 세계의 평화를 위해서 기를 쓰겠어? 다 돈 때문이지! 경제효과니 하는 말들이 다 그런 말이야. 여기 온 지 사년이나 됐다면서 아직 그런 말이 뭔지도 모르나? 아직 자본주의가 뭔지도 몰라?"

그는 잠시 숨을 고르더니 이어 말했다.

"지금 이 지역에서 올림픽으로 경제를 일으켜보려고 얼마나 애를 쓰는 줄 알아? 이 나라 사람들은 밥 굶는 걱정 안하는 줄 알아? 다들 올림픽을 기회로 조금이나마 형편이 나아질까, 노심초사 기대하고 있어. 너, 나가서 길 가는 사람 아무나 붙잡고 물어봐라. 올림픽으로 뭘 기대하는지. 형편이 나아지길 기대하는지, 뭐? 참회? 그래, 참회를 바라는지 물어보란 말이다."

"어쨌든 이제 연극은 안할 거요."

내가 말하자 노인은 기다렸다는 듯 되받았다.

"넌 지금 감옥에 가려다가 구제받아서 여기에 있는 거야. 연극을 하고 마는 건 이젠 선택권도 없어. 그냥 감옥 안 간 걸 감사한 줄이나 알아."

그는 잠시 숨을 고르며 담배 하나를 새로이 피워 물었다.

노인의 말은 영남보다 명쾌했다. 심지어 나는 아이를 한동안 데려간 것쯤은 그의 말대로 대단한 것도 아닐지 모른다고 생각했다.

"자네 서울올림픽도 잘 모르지? 모르겠지, 사년 전에 왔으면. 그걸 치르고 이 나라에 굶어 죽는 사람이 없어졌어. 서울에 고층빌딩이 수없이 올라가고 길에 고급차들이 빽곡히 들어찬 게 다 그때 이후야. 다 올림픽의 효과란 말이다. 그만큼 올림픽이란 게 대단한 거야."

"알았소, 이제 그만합시다."

하지만 그는 그만둘 생각이 없었다. 그는 나를 노려보더니 흥분을 가라앉힌 목소리로 물었다.

"자네 무슨 일 하나?"

나는 대답하지 않았다.

"대답해봐. 먹고살려면 뭐든 할 거 아닌가."

"가구공장에서 일하오."

"가구공장? 육체노동?"

"그렇소."

"자네 친구는?"

"몸이 좋지 않아서 쉬고 있소."

"몸이 안 좋다는 놈이 연극할 기운은 넘치는 모양이군. 허, 참."

그는 잠시 생각하다 말했다.

"이봐, 자네, 자네는 내 말 알아들을 것 같으니까 마지막으로 내한마디 하지. 다 자네 생각해서 하는 소리야. 아니, 딴 나라에서 와

166

놓고 그 사회가 어떻게 돌아가는지도 모르고 어떻게 사나? 애가 있다고 했어? 그애는 앞으로 어떻게 키울 거야? 평생 가구공장에서 노가다나 할 생각이야? 나이 들면 노가다도 안 써줄 거 아닌가. 그렇게 살면 여기선 평생 밑바닥이야. 뭘 좀 알고 살아야 편하게 살지. 자네, 까놓고 말해서 먹고살기 힘드니까 내려온 거 아닌가? 그럼 열심히 일해서 잘살아야 되잖아, 안 그래? 자네가 내려온 데는 자본주의 사회야. 그럼 여기 법칙에 따를 줄 알아야지. 자본주의 사회에서 잘산다는 건 돈을 잘 번다는 뜻이야. 여긴 굶어 죽는 사람은 없어. 그래도 다들 돈 벌려고 애쓴단 말이야. 좀더 잘살아보려고, 부자 되려고 노력하는 게 이 사회야. 그러다보면 자연스럽게 사회도 발전하게 돼 있어. 대통령이 무슨 일 하는지 알아? 북한처럼 아버지나 수령이 아니야. 여기선 비즈니스맨이야. 알아? 돈 벌러 다닌다고. 지금 데모하는 놈들, 정부에서 자기네 요구를 받아들였다고 신이 났지? 웃기지도 않은 짓들이야. 그놈들은 제 밥그릇의 밥이 어디서 오는지도 모르는 놈들이야. 그놈들 결국 얻을 게 없어. 아니 뭘 얻으려고 하는 거야? 올림픽이라는 거대한 장사를 벌여놓은 판에, 그 앞에서 정의니 참회니 하고 떠들어서 뭘 할 건데? 그것도 육십년도 더 지난 전쟁 때 일을 가지고. 철부지도 그런 철부지들이 없어. 자, 이제 됐으니 앞으로 돌아가서 연극 같은 건 아예 꿈도 꾸지 마. 그리고 열심히 돈 벌 생각 해. 돈 벌려는 욕심도 좀 가지고 살아. 그래야 여기 온 보람이 있을 게 아니야?"

노인은 책상서랍을 열어 흰 봉투를 꺼내 책상 위 내 쪽으로 내밀었다.

"가서 자네 친구한테 전해. 이번엔 신고 안했지만 앞으로 다시 그런 일 있으면 그때는 아주 간단한 방법으로 처리할 거라고. 그리고 자네는 내가 보기에 앞으로 성실하게 살 사람 같으니까, 살다가 어려운 일 있으면 날 찾아와. 도와줄 수도 있으니까. 이건 넣어둬. 갈 때 애 밥이라도 사줘야지, 고생했을 텐데."

나는 자리에서 일어났다. 봉투는 받지 않았다.

"얼마 안되는 거니까 받아도 돼."

내가 그냥 두고 가려고 하자 그가 다시 말했다. 나는 그대로 발걸음을 옮겼다.

"어허, 넣어두라니까."

그가 노여운 눈으로 나를 쳐다보았다. 그 눈빛에 어떤 뜻이 들어 있었다. 나는 그대로 밖으로 나갔다. 그러자 그가 뒤에서 소리쳤다.

"어이, 조 실장! 이리 와서 이 봉투 갖고 가서 저 친구 주머니에 반드시 넣어서 보내. 돈 싫다는 거 보니까 이거 수상한 놈들이 맞긴 맞구먼."

콧수염이 내 곁을 지나 안으로 뛰어들어갔다 나오더니 다시 다가와 힘주어 말했다.

"시끄럽게 하지 말라고 그랬지. 잠자코 넣어."

내가 받지 않자 콧수염은 봉투를 내 주머니에 쑤셔넣었다. 나는 봉투를 꺼내 그의 손에 돌려주었다.

"이 새끼가……"

그는 손찌검을 하겠다는 듯 손을 올렸다.

"애나 내보내시오."

"어서 넣어."

"싫소."

"넣어, 이 새끼야!"

그는 다시 내 주머니에 억지로 봉투를 집어넣었고, 나는 있는 힘을 다해 그 손을 뿌리쳤다. 그러자 그는 봉투를 반으로 접더니 내 입에 밀어넣었다.

나는 봉투를 주머니에 집어넣었다. 콧수염은 흥분한 숨을 고르다 내 팔을 잡아끌고 책상으로 데려갔다. 나는 '지금 이 순간부터 연극을 하지 않을 것이며, 다시 할 경우에 일어나는 일에 대해서는 이유와 책임을 묻지 않겠다' 하는 내용의 각서에 서명했다. 콧수염은 정장 입은 청년에게 나를 데리고 가라고 손짓했다. 나는 청년을 따라 사무실을 나섰다.

밖에 비가 내렸다. 청년은 계단을 내려가 건물 입구에 서더니, 비가 오는 걸 깜빡했다는 듯 주먹으로 손바닥을 내리쳤다. 양복이 비에 젖는 게 싫은 모양이었다. 할 수 없이 그대로 빗속으로 뛰어든 그는 건물 뒤쪽 한적한 공터 한편에 자재창고 정도로 쓸 것 같은 컨테이너 앞으로 나를 데려갔다. 컨테이너 손잡이에 작은 자물쇠가 걸려 있었다. 빗물이 떨어지는 그 작은 쇠붙이를 보았을 때 나는 비로소 서글픔을 느꼈다. 청년은 양복에서 빗물을 털어내고, 주머니에서 열쇠를 꺼내 자물쇠를 열었다. 청년은 앞장서 들어갔다.

양쪽으로 자질구레한 자재들이 쌓여 있었다. 그 맨 안쪽에 치수가 낯선 곳에 갇힌 고양이처럼 앉아 있었다. 아이는 나마저 경계하듯 쳐다보았다. 나는 곧바로 치수를 데리고 나갔다.

"사람들이 어떻게 했냐? 때렸냐?"

나는 아이에게 물었다. 치수는 이미 새하얗게 질린 얼굴로 나를 바라보았다.

"안 때렸어요. 그냥 여기에 있으라고 해서 있었어요."

"말할 게 있으면 지금 말해야 된다. 진짜 안 때렸어?"

"없어요. 그냥 계속 안에 앉아 있었어요."

청년은 자물쇠를 채우며 한심스럽다는 듯 나를 쳐다보았다. 그리고 다시 양복을 의식하며 빗속으로 뛰어들어 재빨리 건물 안으로 사라졌다. 치수는 고개를 숙이고 있었다. 나는 아이를 데리고 나가 큰길에서 택시를 잡았다.

택시에서 다시 물었다.

"그놈들이 한 짓 다 말해. 하나도 빠짐없이."

"그냥…… 가자고 해서 갔어요. 지금까지 계속 거기 앉아 있었어요."

그리고 태연하다는 걸 내보이려는 듯, 비가 내리는 창밖을 보며 콧노래까지 흥얼거렸다. 하지만 콧노래는 감정을 조증으로 끌어올리기 위한 자위적인 수단일 뿐, 곧 아이는 가만히 고개를 떨어뜨리더니 바지 위로 눈물을 떨어뜨렸다.

마을 어귀에 영남과 강주가 나와 기다리고 있었다. 둘은 치수를 보자마자 안색부터 살폈다.

비가 거세게 내렸다. 강주는 치수를 툇마루에 앉혀놓고 그들이 한 짓을 하나씩 캐물었다. 영남은 무거운 표정으로 곁에 서 있었다. 치수는 내게 말했듯 별다른 일은 없었다고만 반복했다. 그리고 어느 순간 피로를 느낀 듯 슬그머니 방으로 들어가더니 혼자 요를 깔고 누워 그대로 잠들었다.

영남이 그 모습에 놀라 급히 방에 불을 지피고, 안으로 들어가 치수의 이마를 짚어보곤 했다. 강주는 툇마루 어두운 구석에 앉아 마당만 내다보았다. 처마등을 켜지 않은 마당은 어두웠다. 영남이 불을 살피러 부엌으로 들어간 사이에 강주가 내게 물었다.

"안 때렸단 거 정말이에요?"

"때린 건 아닌 모양이더라. 그냥 데리고 있었나봐."

"그럼 얌전히 데리고 있다가 그냥 놔줬단 말이에요?"

"그 사람들은 나하고 아저씨한테 화가 난 거다. 치수는 그냥 데리고 있었던 거야."

"어른들한테 화가 났으면 어른들을 데려가지 왜 치수를 데려가요?"

"그만하자. 그 얘긴 더 하고 싶지 않다."

하지만 강주는 목소리를 더 높였다.

"우리가 북한에서 왔다고 자기네들 마음대로 하는 거 아니에요? 대체 우리가 뭘 잘못했어요? 그리고 왜 그런 사람들을 신고도 하지 않는 거예요?"

"경찰에 신고해서 치수에게 좋을 게 없어. 빨리 데려오는 게 낫지."

"그럼 지금이라도 신고를 해야죠!"

나는 더이상 대답할 말이 없어 자리에서 일어났다.

"치수 몸만 나으면 이제 돌아가자. 여기 너무 오래 있었다."

나는 방으로 들어가 치수 곁에서 잠시 눈을 붙였다.

뒷마당에서 닭들이 홰를 쳤다. 잠시 뒤에 영남이 목을 친 닭을 들고 앞마당으로 건너왔다. 비에 흠뻑 젖어 피가 떨어지는 닭을 들고 서 있는 모습이 저녁 어스름 속에서 여간 흉측스러운 게 아니었다. 영남은 부엌에 들어가 솥에 물을 끓이고, 마당 수돗가에 앉아 닭의 내장을 손질했다.

치수의 몸에서 열이 났다. 방에 불을 넣은 터라 아이는 내내 땀을 흘렸다. 영남이 닭죽을 끓여 내와, 일어나려고도 하지 않는 아이를 억지로 깨워 몇숟갈 입에 집어넣었다. 아이는 비몽사몽간이라 자기가 무얼 하는지도 모르는 듯했다.

그뒤에는 강주가 방으로 들어가 스탠드를 켜고 치수 곁에서 책을 읽었다. 마당에서 바라보면 창에 비친 그 불빛만이 집에 남은 유일한 온기 같았다. 빗줄기가 거셌다. 다음 날 떠나야겠다고 생각했다. 그 집에 남아 있는 것도 영남을 괴롭히는 일일 것이다. 그 얘기를 하러 뒷마당으로 가니, 담 너머 가로등 불빛만 비치는 곳에 영남이 앉아 있었다. 그 모습이 왜소하고 초라했다. 내가 다가가자 그가 자리를 내어주었다.

"애는 어떤가?"

"하루 푹 자면 괜찮겠지."

그는 담배를 꺼내 불을 붙이고, 캄캄할 뿐인 숲을 향해 길게 연기를 내뱉었다.

뒷마당에서는 빗소리가 숲 전체를 울렸다. 닭장에서, 죽지 않으려고 피해다녔던 놈들이 내뱉는 안도의 한숨이 고약한 냄새를 풍기며 흘러나왔다. 영남은 어둠을 향해 꽁초를 던졌다.

"그놈들이 애를 쉽게 내주던가?"

"그놈들이야 어차피 각서를 원했던 거 아닌가. 써주고 데려왔네. 그 얘긴 하지 마. 하고 싶지 않아."

영남도 더 묻지 않았다. 그는 무력감에 젖어 있는 듯했다.

"치수만 나으면 내일 떠날까 싶네. 치수 집에서도 걱정할 것 같아."

내가 말하자 그는 숲을 바라보며 고개를 끄덕였다. 그가 새로이 문 담배에서 빨갛게 불똥이 피어올랐다.

"언젠가 동백이가 이런 말을 했네."

그가 말했다.

"식구 중에 하나라도 같이 내려왔으면 앞날을 계획하고 살았을 거라고. 그 친구는 자네를 부러워했어. 자네는 몰랐을 거야. 자네 안사람 일을 알면서도 그랬다는 건 어지간히 부러워했다는 말이지."

그는 웃음을 머금었다.

"자네가 말했었지? 동백이가 개를 훔친 건 스스로 조롱거리가 되려 했던 거라고. 나더러 그런 꼴이 되지 말라고 하지 않았나. 맞네. 자네 말을 들었을 때 확실히 느끼겠더군. 자네 말대로 난 조롱거리, 아니 나한테는 제물이라는 말이 더 어울릴 걸세, 유골 사태라는 이 굿판에서 제물이 되고 싶었던 거네. 난 동백이 마음을 알아. 이런 말 미안하네만, 자넨 동백이나 나를 이해하지 못할 거야. 자네한테는 강주가 있잖아? 그게 얼마나 대단한 건지 자넨 몰라."

그는 빗속으로 길게 담배연기를 내뱉었다.

"난 죽으려고 했었네. 그 마음은 오래됐어. 그래도 희한하게 살게 되더군. 마음은 늘 죽고 싶었네. 동백이가 간 뒤로는 더했지. 전화로는 자네 걱정을 많이 했지만 실은 불안한 건 나였네. 그때 강주 생각을 많이 했어. 동백이가 그렇게 갔는데 나까지 가면 걔는 무슨 수로 살아갈까, 하고 말이지. 그 생각을 하면 죄책감이 들어서 정말이지 죽을 수가 없었네. 그만큼 강주라는 아이가 대단하다는 말이야. 자넨 자네 안사람의 죽음을 지키는 것 말고는 살아갈 이유가 없다고 했지만, 그건 말이 안돼. 자네에게는 살아갈 이유가 충분한 거지, 안 그런가?"

그가 말을 멈추면 빗소리가 사방을 메웠다.

"낮에 시내에서 자네가 간 뒤로 여러가지 생각을 했네. 변명할 생각은 없어. 누가 뭐래도 난, 어린애가 납치를 당했는데 구하러 가지도 않았던 놈이야. 거기에 무슨 변명이 있을 수 있겠나? 자네가 날 어떻게 볼지 짐작하네. 나는 날 지킬 생각이 없네. 난 지킬 만한

가치가 있는 놈이 아니야. 그동안은 날 지키려 했네. 이 말이 무슨 말인지 자넨 모를 거야. 그래, 간단히 말하면 살아보려고 했단 뜻이지. 앞으로 살지 않겠다는 뜻은 아니야. 살아야지. 하지만 날 지키고 싶지는 않네. 그게 정당해. 그게 자네가 간 뒤에 내가 한 생각이네. 내 얘길 잠시 들어주게. 난 죽을 때까지 이 얘기를 하지 않을 작정이었어. 누군가에게 이 얘기를 하는 순간 난 그 자리에서 내 몸이 갈기갈기 찢어질 거라고 생각했으니까. 지금도 그 심정은 마찬가지네. 하지만 이젠 날 지킬 생각이 없네. 치수를 데리러 가지 않겠다고 말한 뒤에 혼자 남아서 그렇게 생각했지. 잠시 내 얘길 들어주게. 대신 조건이 있네."

그는 담배꽁초를 던졌다.

"내가 이야기를 시작하는 그 순간부터 자넨 이 자리를 떠나서는 안돼. 일단 그 이야기를 시작하면 난 중간에 그만둘 수는 없네. 하늘이 두쪽 나고 땅이 갈라지는 한이 있더라도 자넨 내 이야기를 끝까지 들어야 돼. 중간에 그만두면, 만약 말이네, 중간에 내가 이야기를 그만둬야 하는 일이 생기면, 그 순간 나는 이 이야기를 입 밖에 내뱉은 나 자신을 용서하지 않을 거야. 이 이야기를 시작한 이상, 난 무조건 끝까지 내뱉어야 해. 그러니까 날 위해서라도 끝까지 있어주게."

그는 빗속을 뚫어지게 쳐다보았다.

"동백이 식구를 찾아 중국에 갔을 때 일이네."

빗소리가 사납게 울렸다.

"브로커 놈들의 사기였지. 사실 난 가기 전부터 그럴 가능성이 있다고 봤네. 그런 얘기를 숱하게 들었었지. 동백이 그 친구도 몰랐던 건 아닐 거야. 알면서도 어쩔 수 없었겠지. 어쨌든 거기에서 난 돌아올 수가 없었네. 날 보냈던 돈이 동백이의 마지막 돈이나 다름 없었다는 걸 자네도 알잖아? 그런 돈을 받아 갔는데, 브로커 놈들의 사기였다고 빈손으로 돌아갈 수가 있겠나? 못하겠더군. 돌아가지도 못하고 찾지도 못하고 그저 정처 없이 돌아다녔네. 일주일 동안 조선에서 왔다는 사람이면 무조건 붙잡고 물어봤네. 혹시 동백이 식구들을 본 적 있느냐고. 그것도 일주일이 지나니 도저히 못하겠더군. 마음만 괴로웠네. 동백이 식구들을 안다는 사람은 하나도 못 만났지. 그때 그런 생각이 들더군. 이대로 돌아가면 동백이가 어떻게 할까, 하고 말이야. 혹시 죽으려고 하지 않을까, 하는 생각을 여러번 했네."

그는 다시 빗속을 물끄러미 바라보았다.

"내 고향 선배를 우연히 만났어. 고향에서 알고 지내던 사람인데, 그 사람도 남조선으로 갈 방법을 찾고 있더군. 반갑게 인사를 했지. 그랬는데…… 그 사람 말이야, 날 대하는 게 좀 이상한 거야. 뭘 숨기는 것 같더란 말이지. 느낌으로 알 수 있었네. 뭘 알고 있었어. 그 사람이야 동백이는 전혀 모르니까 아는 게 있다면 내 식구들에 대한 거지. 그래서 붙잡고 캐물었네. 그랬더니 처음엔 발뺌하더군. 한마디도 안하는 거야. 그래서 식구들 있는 곳을 알려주면 내가 가진 돈을 다 주겠다고 했지. 그래도 그런 건 모른다고 시치미를 뚝 떼더군. 본 적도 없다는 거지. 그래서 바짓가랑이를 붙잡고 통사정을 했어. 내 식구들 소식을 못 듣고는 한발자국도 못 가겠다고 울면서 매달렸네. 그랬더니 그 사람, 날 조용한 데로 데리고 가더니, 절대로 자길 원망하지 말라는 거야. 좋은 소식은 아니라는 거지. 그래도 난 꼭 알아야 했네. 설령 다들 죽었다 하더라도 알아야지. 그래서 알겠다고 했어. 그랬더니 돈 같은 건 한푼도 필요 없으니 어딜 가보라고 하더군. 거길 갔네. 시골마을이더군."

그는 추운 듯 몸을 가늘게 떨다가, 처마에서 떨어지는 빗줄기를 받아 얼굴을 한번 씻었다.

"아주 시골이었네. 두메산골이었어. 흙먼지만 풀풀 날리는 동네였지. 집 몇채가 있었는데 다 쓰러져가더군. 마을로 들어가니 몇채가 더 있더군. 집하고 밭밖에 없는 동네지. 동네 가운데 개울이 하나 흐르는데 아주 시커멓더군. 그밖엔 죄다 산이었네. 그런데 말이야 그 동네가 이상한 게 말이야……"

그는 목소리를 떨었다.

"어찌 된 셈인지 여자라고는 씨가 말랐더란 말이지!"

그리고 고개를 돌려 나를 무섭게 노려보았다.

"마을에 돌아다니는 사람이라고는 어린애부터 할애비까지 죄다 사내새끼들밖에 없더란 말이야! 대체 어떻게 된 건가? 여자들 없이 어떻게 그놈들은 태어났나? 내 알 바는 아니지! 여자들을 죄다 내쫓았거나 알아서 도망친 거겠지! 그런 동네였네. 그런 데에 내 안사람이 살고 있었네. 막내 하나 데리고 말이야."

나는 그의 말을 듣고 있기가 어려웠다.

"그런 동네에서 말일세, 할애비란 놈부터 이제 턱에 수염이나 날까 하는 놈까지 죄다 내 안사람을 찾아가는 거였네. 밖에는 깡패 새끼들이 지키고 있었지. 노름판을 벌이더군. 그 옆에서 막내가 놀고 있는 걸세."

"그만하게."

나는 나도 모르게 그렇게 말했다. 그러자 그가 나를 잡아먹을 듯 노려보았다.

"무조건 끝까지 들어야 한다고 말했잖아! 아무 말 말고 들어! 그러지 않으면 난 무슨 일을 저지를지 몰라. 할애비란 놈, 이빨이 다 빠져서 입을 벌리면 얼굴에 구멍이 뻥 뚫린 것 같은 놈이 손주를 데리고 그리로 가는 걸세. 둘 다 짚신을 질질 끌어서 뒤로 흙먼지가 풀풀 날리더군. 둘이 시시덕거리는 거지. 할애비 놈은 손주 놈을 사내로 만들고 있었던 거야. 그게 흐뭇한 거지. 둘이 시시덕거리면서 그 집으로 가는 거네. 노름판을 벌이고 있는 놈들한테 돈을 주고 들어가더란 말이야. 할애비가 먼저 들어갔네. 그동안 손주 놈은 애가 다는 거지. 내 막내 놈은 마당에서 놀고 있고 말이야."

나는 듣기가 괴로워 고개를 숙였다. 그는 내 멱살을 잡아 강제로 내 얼굴을 자기 면전에 갖다 대고, 치수와 강주가 듣지 못하게 억누른 목소리로 말했다.

"끝까지 들으란 말 잊었나? 날 죽일 참인가? 내가 자네한테 동정이나 얻으려고 이런 얘기를 하는 줄 아나? 동정하지 말게. 절대로 날 동정하지 마! 난 이 이야기를 입 밖에 꺼내기로 한 것뿐이네! 날 지킬 생각이 없다고 했잖아. 자넨 무슨 일이 있어도 이 이야기를 끝까지 들어야 돼!"

그는 멱살을 놓고 다시 빗속을 노려보았다.

"막내 놈은 놀다가 깡패 새끼들이 동전을 던져주면 냉큼 집어가더군. 큰애들은 어디 있는지 몰라. 살리려고 어디 맡겼을 걸세. 아니면 죽었겠지. 할애비란 놈이 나오니까 손주가 신이 나서 냉큼 들어가더군. 난 멀리서 그 둘을 보고 있었네. 그 둘만 봤느냐? 아니지! 술병을 들고 들어가는 주정뱅이 새끼하고 젊은 놈 둘까지 봤지. 그 할애비 놈과 손주만 유심히 봤네. 그리고 돌아섰네. 시내로 나갔어. 거기 여관에서 그날밤에 죽을 생각이었네. 난 자네 심정을 알고도 남아. 난 당연히 죽어야 했네. 그걸 본 놈이 무슨 염치로 더 살겠나? 산다면 인간이 아니지! 그런데 그날 난 안 죽었네! 지금도 이렇게 멀쩡히 살아 있지 않나? 난 죽기가 싫었네. 살고 싶었어! 그래서 멀쩡히 살아서 돌아왔네. 그뒤에 자기 식구들을 못 찾았다고 물감을 뒤집어쓰고 죽은 친구를 보고서도 안 죽었네! 자기 안사람이 몸을 팔고 있는 것도 아니고, 자식이 그 돈으로 밥을 얻어먹고 있는 것도 아닌 친구가 사는 게 수치스러워서 자살을 했는데, 난 이렇게 멀쩡히 살아 있단 말이네! 내 눈 똑바로 보게."

그는 어둠속에서 눈을 부릅뜨고 나를 노려보았다.

"난 변명하고 싶지 않네. 내겐 죽음보다 변명이 더 비참해. 난 살고 싶었네. 그게 내가 죽지 않은 단 하나의 이유였어. 하지만 여기 강원도로 올 때는 죽을 작정이었네. 동백이가 죽은 뒤로 사는 게 부끄러워서 견딜 수가 없었네. 자네한테는 그런 말을 못하겠더군. 강주도 있는데 내가 어떻게 그런 말을 하겠나? 여기서 조용히 죽을 생각이었지. 새 생활? 그건 자네 걱정해서 했던 말이야. 난 죽을 작정이었네. 그런데 말이야, 여기 와서 며칠 채소도 심고 닭도 사왔더니, 새벽마다 그놈들 우는 소릴 들으니까, 병이 도진 것처럼 다시 살고 싶었네. 아침에 볕이 들어서 채소가 파랗게 자라는 걸 보니 죽는 게 서러워서 못 견디겠더군. 어머니 생각을 많이 했어. 어머니라면 죽지 말라고 사정했겠지. 다시 살고 싶었네. 정말이네. 염치도 없이 살고 싶었네. 그런데 내가 어떻게 살 수 있단 말인가? 난 아직도 그 소리가 귓가에 쟁쟁해. 그 할애비 놈이 손주를 데리고 가면서 시시덕거리던 소리가 쟁쟁하단 말이야. 내 고통은 끝나지 않는다고 했지? 지금 이 순간에도 내 안사람은 그 주정뱅이 새끼들부터 그놈의 아들, 손주까지 죄다 받아내고 있을 거야. 살고 싶다고 해도 내가 어떻게 살 수 있겠나? 난 조롱거리가 되어야지! 그러면 혹시 아나? 살아갈 체면이 조금이라도 생길지? 하지만 누가 날 짓밟아주겠나? 누가 내 목을 졸라주겠느냐 말이야! 난 연극을 했어야 했네! 만인이 보는 앞에서 죄를 고백하고 욕과 돌팔매질을 당했으면 살아갈 작은 희망이라도 찾았을지 모르네. 하지만 다 끝났지. 이제 내 눈앞에는 다시 그 할애비 놈과 손주 놈이 생생하네. 다시 그때로 돌아간 거지. 아까 집에 먼저 돌아와서 치수를 기다리면서 생각했네. 이제 더이상 날 지키지 않겠다고. 그렇다고 죽으려는 건 아니네. 그 중국에서도 죽지 않고 살아 돌아온 나야. 날 지키지 않기로 했다는 말은 이 얘길 자네에게 하기로 했다는 뜻이네. 어쨌든 난 말했네. 이젠 돌이킬 수 없지. 아까부터 중국에서의 일이 생생해졌어. 난 다시 원점으로 돌아간 거네."

내가 말하려고 하자 그가 막았다.

"아무 말도 말게. 끝까지 들어줘서 고맙네. 미안하지만 지금부터는 날 혼자 내버려둬. 혼자 있고 싶네."

나는 그를 두고 일어났다. 앞마당으로 건너가며 뒤돌아보니, 그가 여전히 빗속을 뚫어지게 노려보고 있었다.

새벽에도 치수의 열이 내리지 않았다. 새벽어둠이 걷히자마자 택시를 불러 아이를 시내의 병원으로 데려갔다. 나는 의사에게 평소 아이가 조울증이 있었고, 전날 정신적 쇼크가 있었다고 말했다. 검진을 끝낸 의사는 쇼크로 인한 정신쇠약에다 폐렴 증상이 보인다며, 하루쯤 입원해서 치료하는 게 좋겠다고 했다. 치수가 따를까 걱정이었는데, 의외로 아이는 흔쾌히 입원을 받아들였다. 실제로는 입원이 흥미로운 듯했다. 육인실 병실 창가 쪽에 환자복을 입고 누운 뒤부터, 아이는 마치 이전까지는 꾀병이었다는 듯 생기가 돌았다. 치수의 부모에게 알릴 일이 걱정이었다. 협회의 일까지 모두 말할 용기는 없었지만, 입원한 일을 숨길 수는 없었다. 그 사정을 얘기하자 치수가 펄쩍 뛰다시피 하며 반대했다. 팔에 수액을 맞고 있던 아이는 그것도 잊고 몸을 벌떡 일으켜 크게 고개를 가로저었다.

"아저씨, 그것만은 안돼요. 그러면 우리 엄만 그럴 거면서 왜 여행을 가겠다고 했느냐고 난리를 칠 거예요. 그럼 앞으로 전 다시는 여행 못 가요. 제발 아무 말도 하지 마세요."

그래도 입원한 일까지 숨길 수는 없었다. 하지만 치수의 뜻은 완강했다.

"제발 말하지 마세요. 하루 입원했다 나가면 되잖아요. 저, 벌써 몸이 다 나았어요. 내일이면 뛰어다닐 거예요. 그런데 뭐하러 알려요?"

강주도 곁에서 거들었다.

"알리지 마요! 아버지만 말 안하면 세상에서 아무도 모를 텐데."

하지만 그것은 어디까지나 아이들의 뜻이었다.

"이건 그냥 우리한테는 모험 같은 일이었다고요. 치수야, 안 그래?"

강주의 말에 치수가 맞장구를 쳤다.

"전 어제 일은 벌써 다 잊어버렸어요!"

치수가 목소리를 높이자 둘이 웃음을 터뜨렸다. 게다가 영남까지 눈짓으로 그냥 눈감아버리자고 하는 통에, 그 자리에서는 일단 물러났다.

강주가 주로 치수 곁에 남았다. 주사를 맞고 약을 먹으니 상태가 호전되어, 영남과 나는 치수를 강주에게 일임하고 병실에는 자주 드나들지 않았다. 우리는 병원을 어슬렁거리다가 대기실에 앉아 텔레비전을 보곤 했다. 텔레비전 뉴스에서 새로이 조직한 유골 조사단 소식이 흘러나왔다. 비는 그치지 않았다. 오전에 잠깐 잠잠하던 것이 오후가 되자 다시 쏟아붓듯 내렸다. 집에 가 있으라고 해도 영남은 말을 듣지 않았다. 오후 들어서는 치수의 상태가 호전된 것을 넘어 둘이 떠들다가 간호사에게 주의를 받기도 해서, 우리는 아예 병원 뒤쪽, 병원 청소부들이 커다란 쓰레기봉투를 부려놓는 하치장 쪽으로 가 시간을 보냈다. 그곳에는 사람이 지나다니지 않았다.

영남을 두고 떠날 일이 괴로웠다. 영남은 하치장을 마주한 병원 뒤쪽 처마 밑으로 들어가 혼자 담배를 피우곤 했다. 그곳은 우리가 얘기하기에 맞춤했다. 그곳에서 나는 그에게 강원도를 떠날 것을 권해보았다.

"도시로 돌아가서 살지. 혼자 있어봐야 괴롭기만 하잖아. 가면 강주도 있고 치수도 있으니까 애들 크는 거 보면서 살지."

영남은 내 말에 웃었다.

"우리가 벌써 애들 크는 거 보면서 살 나인가?"

그는 쪼그려 앉아 비를 바라보았다.

"어젯밤에 생각을 해봤는데 역시 난 그 연극을 했어야 한다는 생각이 들더군. 연극이 내가 바라는 걸 주었을지는 모르겠네. 하지만 시도했어야 했어. 그뒤에 판단했어야 했네. 삶이든 죽음이든."

하치장 쪽에서 청소부가 큰 쓰레기자루를 부려놓고 비를 피해 뛰어갔다.

"어제도 말했듯이 난 원점으로 돌아갔네. 이제 와서 든 생각인데, 그동안 바보스러울 만큼 연극에 기대를 갖고 있었더군. 마음이 편했으니까. 연극이 뭐라도 해줄 줄 알고 한동안 고통을 잊었던 거지. 간밤에는 중국에서의 일이 생생하게 떠올랐네. 다시 그때로 돌아갔어. 잠을 잘 수가 없더군. 그만큼 연극에 기대를 걸고 있었단 뜻이기도 하지. 어쨌든 난 이제 처음부터 다시 생각해봐야 돼."

나는 그에게서 담배를 한대 빌렸다.

"꼭 그런 시도를 해야 하나? 동백이는 어땠나? 그 친구도 개 도둑질을 했지만 결국 자신을 구원하지는 못했네. 그런 시도를 하고서도 수치심을 버리지 못했단 말이야."

"그 친구는 그후에 더욱 수치스러운 존재가 되는 것으로 결론을 내렸던 거네. 그건 사람마다 다른 거야."

나는 가슴 안쪽이 무거운 것에 짓눌리는 것 같은 고통을 느꼈다.

"내 얘기를 좀 해도 되겠나?"

내가 말하자 그는 조용히 비만 바라보았다.

"그동안 난 시도라는 걸 거부했네. 어쩌면 내 삶에 만족했던 건지도 모르지. 안사람의 죽음을 지키고 있다고 나 자신을 위로하고 두둔했던 거야. 하지만 그건 삶은 아니었네. 자네도 강주 얘기를 했지만, 난 강주를 키우는 데 무력해. 안사람의 죽음을 지킬지언정 살아 있는 자식에게 희망 같은 건 줄 줄 몰랐네. 내가 개한테 무슨 말을 할 수 있겠나? 죽음을 지키는 묘지기 같은 인간이 말이야. 그런데 요 며칠 강주를 보면서 다른 생각이 들더군. 자네에게 얘기했었나? 동백이가 죽기 전에 길을 걷다가 내게 질문을 던졌네. 지나가는 말처럼 물었지. 강주가 없었다면 살아갈 수 있었겠느냐고. 그 땐 대답하지 않았네. 대답할 수가 없었지. 그게 그 친구가 내게 남긴 마지막 말이 되어버렸어. 그뒤로 나는 한시도 그 말을 잊지 못했네. 늘 그 질문에 대답하려고 애썼지. 강주가 없었다면 나는 살았겠는가? 안사람의 죽음을 지킨다고 변명하면서 구차한 삶을 이어가고 있는 건가? 자리에 누우면 동백이의 질문이 허공에 대롱대롱 매달려 있었네. 강주가 없었다면 일찌감치 죽었을 거네. 그건 명백해. 나 한사람의 삶의 이유나 희망, 내가 희망이라고 했나? 그 말이 왠지 우습군. 그런 건 찾을 수가 없었으니까. 그런데 요 며칠 동안 동백이의 질문이 다르게 들렸네. 그 친구는 질문을 한 게 아니었을지도 모른다는 생각이 들더군. 그렇게 묻던 그 친구 얼굴이 아직도 생생하네. 어쩌면 그 친구는 자네, 강주가 없었다면 살아갈 수 있었겠나, 하고 물었던 게 아니라, 강주가 있으니 살아갈 수 있지 않으냐, 하고 말한 건지도 모르네. 그런 생각이 들었어. 말하자면 그 친구는 나를 격려하고 있었던 거네. 며칠 동안 그런 생각이 들었네."

영남은 여전히 쪼그려 앉아 비를 바라보고 있었다.

"남조선에 온 뒤로 내가 틈만 나면 무슨 생각을 했는지 아나? 강주를 데리고 다시 제삼국으로 떠나는 생각이었네. 부끄러운 짓이지. 하지만 틈만 나면 그런 생각에 빠져들었네. 그 생각을 하다가, 거기에 사는 사람들, 거기는 날씨가 어떨지 무슨 말을 쓰는지, 그런 생각까지 하다보면 동이 텄네. 어린애 같은 상상에 빠져 있었던 거야. 밤마다 그런 생각을 했어. 어쩌면 내일 집으로 돌아가서도 그런 생각이나 하고 있을지도 모르지. 그래도 아침에 치수를 병원에 데리고 가다가, 친구를 걱정하는 강주를 보니까 그런 생각을 하는 나 자신이 너무 부끄럽더군. 난 모자라도 한참 모자라는 인간이네. 안사람 죽음을 지킨다고, 결국 아무것도 하지 않는 인간이 되었지. 어제 자네, 자신을 지키려 했었다고 했나? 나도 마찬가지네. 나도 이 보잘것없는 나를 지키기 위해 필사적이었네. 그게 고작 아이를 데리고 제삼국으로 가는 상상을 하는 거였지. 이젠 돌아간다면 그런 짓은 걷어치우고 싶네. 아이한테 너무 부끄럽네. 그게 여기서 돌아가는 나의 결심이야. 하, 얼마나 하찮은 결심인가? 그래도 왠지 그런 짓부터 걷어치운다면, 동백이의 마지막 말을 격려로 받아들이게 될 것만은 틀림없을 것 같아."

영남은 내내 아무 말이 없었다. 그것이 다시 마음을 짓눌러 목소리를 높였다.

"자네도 어쩌면 애초부터 연극 같은 건 필요 없었을지 모르네. 이제 다시 고통과 싸워야 한다고 했나? 그러다가 결국 다시 자신을 처벌하려고 하겠지. 대체 뭔가? 우리를 끝없이 수치스럽게 하는 것이. 수치에서 자신을 지키려는 우리의 알량한 자존심이라는 생각은 해본 적 없나?"

영남은 자리에서 일어나 시선은 여전히 내리는 비에 두고 말했다.

"자넨 강주가 있어서 살아갈 수 있네. 자네 얘길 들으니 그것만은 틀림없다는 생각이 다시 드는군. 그리고 동백이의 말은 격려가 분명해. 그 친구는 자넬 부러워했어. 자네를 격려하려던 거야."

영남은 잠시 비를 바라보고 있었다.

"하지만 내 고통은 끝이 없네. 난 그 시골구석에서 짚신을 끌면서 시시덕거리던 놈들의 소리를 잊어서는 안돼. 그걸 잊는 순간 난 죽어야 하네. 그걸 잊고서 내가 무슨 염치로 살아가겠나? 난 내 안사람의 고통을 그대로 느껴야 해. 자네, 내 안사람이 그런 짓을 하면서도 죽지 않은 이유가 뭔지 아나?"

그는 나를 쳐다보았다.

"막내 그놈을 살리려는 거지. 자기가 죽으면 그 깡패 새끼들이 애를 키워줄 리가 없지 않은가? 그래서 그 사람은 그것을 당하면서도 죽지 않는 거야. 난 그 고통을 느껴야 되네. 내가 산다면 그게 이유가 되어야 해. 고통은 내 삶의 목적이야. 난 다시 뭔가 시도할 거야. 그걸 비난하지 말게. 적어도 자네만은 날 비난해선 안돼."

"동백이가 날 격려했던 것처럼 나도 자넬 격려하면 안되겠나? 그래, 나는 강주가 있어서 살아갈 수 있을지도 모르겠어. 그렇다면 이제 내가 자넬 격려해야겠지. 나하고 같이 뭔가 찾아보세."

영남은 비를 물끄러미 바라보았다.

"삶이란 결국 아무것도 보장된 것 없는 시간 속에서 살아가는 거잖아. 외롭지만 난 그게 정당하다고 보네."

그의 얼굴이 수치로 붉게 달아올라 있었다.

저녁에 이르러 치수는 원기를 완연히 회복했고, 나는 결국 아이들 말을 따라 치수의 부모에게 알리지 않았다. 강주가 밤에도 치수 곁에 남았고, 영남과 나는 그 또한 아이들에게 하나의 모험일 것이라 여기고 집으로 돌아갔다. 집에서 그와 나는 밤늦도록 술을 마셨다. 그 시간에 우리는 수치에 대해 언급하지 않았고, 남조선으로 내려오기 전 고향에서의 일들만을 화제로 삼았다.

아침에 짐을 싸서 병원으로 가 퇴원수속을 밟았다. 입원비는 콧수염이 내게 '먹였던' 돈으로 치렀다. 그날 아침에도 역 광장에 노인들이 나와 반공구호를 외치고 있었다. 비가 그친 뒤라 공기가 맑았다. 기차를 타고 가는 동안, 아이들은 자기들만의 비밀을 주고받으며 나는 한사코 배제하려 했다. 나는 창밖으로 비가 갠 강원도 풍경을 바라보았다. 차창 밖으로, 전날 뒷마당 어둠에 잠겨 있던 영남이 떠오르곤 했다. 그때마다 눈을 감아 그 모습을 지워내려 했다.

나의 죽음

숙면 뒤에 몸은 신선하게 깨어난다. 밤새 기억을 모두 잃어버린 듯 몸이 가벼운 아침에, 나는 그 텅 빈 머리로 죽음을 생각했다. 아침마다 나는 죽음에 대한 신선한 두려움에 사로잡혔다.

강원도에서 돌아온 뒤로 치수와 강주는 실제로 모험을 같이 한 이인조처럼 붙어다니며, 남은 방학 기간에는 고등학교 입시를 준비하겠다고 함께 도서관에 나갔다. 두 아이는 애초에 학업으로는 학교에서 완전히 예외였기에 그것은 뜻밖이었다. 아침에 강주가 도서관에 가고 나면, 나는 홀로 집에 남아 죽음에 대한 신선한 두려움을 받아들였다.

스스로 목숨을 끊지 않아도 언젠가는 죽는다는 사실이, 어린아이가 죽음을 처음 발견했을 때처럼 새로웠다. 아침마다 내가 발견한 것은 아내나 동백의 죽음이 아니라 내 죽음이었다. 늘 죽음 곁에 머물러 있던 자가 새로이 죽음을 발견한 것이었다. 나는 끝을 생각했다. 나는 죽음을 끝이라 여겼기에, 아내가 죽음 뒤에 어떤 세계에 다다라 있을 것이라 여기지 않았다. 아내는 끝난 것이고, 나 또한―스스로 죽지 않아도―언젠가 끝난다. 그것이 신선했다. 그것이 아침마다 두려웠다.

얼마 지나지 않아 나는 다시 가구공장에 들어갔다. 강주는 진학을 위해 학원을 다니겠다고 했고, 꼭 그 강습료 때문이 아니더라도 생활비를 벌어야 했다. 나는 시내의 골목으로 나가지 않았고, 아침마다 강주와 함께 집을 나서 동남아시아인들의 거리를 벗어나 가구공장으로 출근했다.

가구공장 사장은 내가 전 직장에서 받았던 보수의 초임 정도를 제시했다. 나를 얕본 것은 아니었다. 그는 값을 깎아 사와야 하는 여느 재료처럼 임금 또한 흥정한 것뿐이었다. 나는 일을 시작해야 했고, 그때는 그 생각뿐이라 다른 곳을 알아보러 돌아다니는 일이 싫었다.

영남과는 자주 연락하지 못했다. 내가 떠나고 얼마 지나지 않아, 모터사이클 수리 수업을 다시 시작했다는 소식만은 들을 수 있었다. 연락을 하지 않았지만, 그 폐가 같은 집에 홀로 남아 있을 그를 늘 의식했다. 그리하여 그가 일주일에 두번 나가던 모터사이클 수리 수업을 거의 날마다 나간다며, 강원도로 처음 이주했을 때 '새 생활'을 전하던 그 목소리로 정직한 땀이 영혼을 씻어줄 거라고 전화로 떠들었을 때도, 그 말을 곧이곧대로 듣지는 않았다.

강주의 새 학기가 시작되었을 때, 새로이 조직했던 유골 조사단에서 불화가 일어났다. 민간단체에서 추천했던 교수들이 조사 중에 정부에서 압력을 받았다며 조사를 거부하고 나섰고, 결국 사퇴하며 유골을 둘러싼 갈등은 원점으로 돌아갔다. 그때쯤 그쪽 사정이 궁금해 영남에게 전화를 걸었다.

"며칠 전부터 다시 마을에 올림픽 찬가가 울리기 시작했네. 청년들이 정장을 입고 올라오는 것도 똑같아. 그놈들은 이제 그걸 직업으로 생각하는 모양이야. 반도 남지 않았던 시위대에는 사람들이 다시 늘어났네. 정부에서 공작을 펼치고 있다고 주장하더군. 협회놈들은 바짝 약이 오른 모양이야. 이젠 아예 노인들을 데려갔다가 오후 늦게야 데려다주고 있다네. 역 광장에 하루 종일 세워놓는 거지. 노인들은 아무 말도 못하는 것 같아. 하긴 그 사람들이야 어차피 알량한 이득에 자신을 팔았던 사람들 아닌가? 이제 와서 군소리를 늘어놓을 수 없겠지. 어쨌든 이제 여긴 다시 예전으로 돌아갔네. 시위대가 늘어나니까 경찰도 늘어났어. 시위대도 어지간히 우스운 사람들이야. 다시 갈등이 일어나니까 힘을 내는 것 같단 말이야. 증오가 힘이라는 얘긴가? 어떤 사람은 단식까지 준비한다더군. 내가 보기엔 시위대나 협회나 다를 게 없네. 육십여 년 전 사건을 증오를 표출하는 데 이용하고 있는 건 매한가지란 말이야. 난 걱정하지 마. 그 일에서 완전히 손 뗐어. 아침에 올림픽 찬가가 울려퍼지기도 전에 벌써 마을을 나서지. 자네도 기억하겠지만 아침마다 그 노래를 듣는다는 게 얼마나 고역인가? 어떤 날은 그놈의 확성기를 떼다 부숴버리고 싶을 정도야. 하지만 그 덕분에 게으름 피우지 않고 규칙적으로 살게 되었네. 그 노랫소리를 피하느라 일찍부터 서둔다니까. 덕분에 몸도 건강해졌네! 고맙다고 해야 하는 건가?"

더 자세한 사정을 물어보자 그는 이런 말도 꺼냈다.

"자네가 걱정할까봐 말하진 않았는데, 실은 얼마 전에 그 가죽점퍼 입은 놈이 찾아왔었네. 사람들이 다시 시위를 시작하니까 내가 또 연극을 꾸밀 거라고 생각한 모양이지. 그놈들도 참 괴상한 놈들이야. 아무리 연극이 성가시다 하더라도, 나같이 초라한 놈한테 뭘 그리 집착할 게 있나? 이젠 미군이 죽었다느니 인민군이 죽었다느니 하는 건 주민들조차 관심이 없어. 다들 지쳐서 될 대로 되라는 식이지. 오로지 그자들만 올림픽 찬가를 틀고 노인들을 동원해 궐기대회까지 연다네. 나 같은 하찮은 인간 따위나 감시하고 말이야. 그래서 어느날은 참회라는 말이 귀에 거슬리는 건 아닐까, 하는 생각까지 들더군. 내 생각에 그자들은 참회니 진실이니 원한이니, 어쨌든 인간 세계의 말은 죄다 꺼려하는 것 같네. 그저 물신이지. 그래서 참회라는 말을, 그자들의 말인 개발이나 발전의 반대말 정도로 여기는 게 아닐까 싶었던 거네. 어쨌든 솔직한 자들이네. 그게 그자들의 유일한 장점이지, 하하!"

나도 가끔 협회의 그 노인을 떠올리곤 했다. 돈 버는 일을 소명으로 받아들이고, 그런 일을 세상에 대한 헌신으로 생각하는 자. 욕망을 선동하고, 받아들이지 않는 것을 불순하게 여기는 자. 영남에게 전화를 걸 때는 그 마을 노인들의 근황을 물어보곤 했다.

"노인들에게 집회는 이제 가벼운 부수입거리가 아니라 중노동이 됐지. 아침에 나갔다가 오후에 돌아와서는 저녁에 일찍 잠드니까 마을은 텅 빈 거나 마찬가지야. 밭엔 잡초만 자라네. 자네가 여기 왔던 날, 마을 노인들은 올림픽이 어디에서 열리든 상관없을 거라고 했던 말 기억나나? 그게 다 제 손으로 먹을거리를 구하기 때문이었는데, 이젠 먹고살려면 올림픽에 매달려야 하는 신세가 됐네. 본격적으로 올림픽에 참여하게 됐다고 할까?"

"협회 그놈들도 어지간하군."

"내가 예전에 말했잖아? 그자들이야말로 가장 솔직한 자들이라고. 시위대야 빤하잖은가. 정부에 대한 증오를 숨기고 유골을 이용하려 들지. 협회 놈들은 순수한 욕구로 맞서는 걸세. 그게 바로 이 지역 주민들의 마음이기도 하지. 그자들은 이 지역을 지배할 자격이 있네. 아무나 오랫동안 유지 노릇을 하는 건 아니지."

가을로 접어들어 정부가 새로운 증거들을 내놓으며 학살이 인민군의 소행임을 다시 발표했다. 하지만 그때는 모두 그 일에 진력이 난 것인지, 뉴스에서조차 소식을 크게 다루지 않았다. 사람들은 학살이나 원혼 따위의 음습한 어둠에서 벗어나 동계올림픽이라는 양지바른 곳으로 나아가고 싶은 듯했다.

정부의 재조사 결과 발표 뒤로 영남의 연락이 뜸했다. 나는 하루하루 바쁘게 지냈다. 강주는 입시를 준비하겠다고 마음먹은 뒤로 날마다 신경을 곤두세웠고, 하찮은 일에도 심통을 부렸다. 공장에서는 동료들이 나를 경원시했다. 그들은 늘 나와의 사이에 보이지 않는 선을 그어 자신을 구별하려 했다. 나도 굳이 그들과 가깝게 지내려 하지는 않았다. 그런 일들은 새삼스러운 것이 아니었다.

10월 들어 다시 그 도시의 모습을 볼 수 있었다. 완공된 선수촌 아파트는 기대한 만큼 웅장하고 아름다웠다. 뒤쪽의 울창한 수풀을 고려하여 희고 푸른 계통으로 단장한 모습은, 그 건물이 지역의 오랜 염원이자 희망이었다는 사실을 뚜렷하게 증명하는 듯했다. 뙤약볕이 내려오던 그 언덕길은 오색 벽돌로 단장되어 있었고, 길가에 세련된 가로등들이 늘어서 있었다. 뉴스에서는 오색 테이프를 끊는 여러 인사들과 축포, 여러 각도에서 본 건물의 모습과 현대적이고 실용적인 내부 시설을 차례로 보여주었다. 유골에 대해서는 언급하지 않았다.

선수촌의 완공은 분명, 봄부터 시작된 유골 문제의 끝을 말했다. 정갈한 오색 벽돌 위로 가을볕을 받고 선 그 흰 건물 앞에서 다시 유골과 학살을 들먹이는 것은—가을인 탓인지도 모르지만—어쩐지 문제를 위해 문제를 일으키려는 억지 같았다. 하지만 그곳에는 사람들이 남아 있었다.

그들을 취재한 것은 보름쯤 지난 뒤의 심야뉴스였다. 내 눈에는 낯설기 그지없는 그 언덕길에, 열명 남짓한 사람들이 여전히 남아 학살의 진실 규명을 요구하고 있었다. 취재기자가 인터뷰를 요구한 사람은 정부에서 재조사 요구를 수용했던 날, 사람들을 이끌며 환호와 박수를 유도하던 지도자 그 사람이었다. 그들은 여전히 진실을 요구했다. 하지만 뉴스는 애초에 호의적인 뜻으로 접근한 것이 아니었던 듯, 그들을 비출 때마다 곧잘 그들 뒤쪽, 갈등이 아니라 화합과 번영을 주장하는 것 같은 그 초현대식 건물을 대비하듯 내보냈다. 그리하여 그들은 왠지, 종전 소식을 듣지 못해 날마다 전투를 준비하는 이차대전 때의 병사처럼 보였다. 더욱이 그들이 입은 두꺼운 파카는 너무 때가 일러 노숙 생활을 떠올리게 한 반면, 선수촌 아파트나 그들을 취재한 여기자의 바바리코트는 가을 정취와 매우 잘 어울렸다. 뉴스 끝 무렵에 여기자는 구호를 외치며 길을 오르는 그들을 배경으로 서서 말했다. 그녀의 말은 동계올림픽을 앞둔 시점에 육십여년 전의 진실을 요구하는 주장이 남아 있다는 단순한 것이었지만, 거기에 들어 있는 냉소를 읽지 못할 사람은 없을 것이었다.

그 무리에 영남이 있었다. 기자 뒤로, 선수촌 아파트를 향해 오르는 그 초라한 무리 맨 뒤쪽에서, 마치 그 뉴스를 내가 볼 것임을 미리 알고 있다는 듯, 고개를 돌려 카메라를 향해 정면으로 웃고 있는 것은 분명 영남이었다. 그는 장난꾸러기처럼 웃었다. 곧 그는 화면에서 희미해졌고, 카메라의 시선이 선수촌 아파트를 비추며 멀어졌을 때는 하나의 점이 되어 사라졌다. 그것은 그가 다시 자학적인 시도를 시작했다는 뜻이었다.

다음 날 전화를 걸었을 때 그는 여느 때처럼 태평하게 굴었다. 나는 그가 시위에 대해 스스로 말하길 바랐다.

"요즘 어떻게 지내나?"

"별일 없지. 모터사이클 수리 기술 배우는 것도 좀 싫증이 나서 요즘은 한동안 쉬고 있네. 선수촌 아파트가 완공되었다는 소식 들었나?"

"응, 뉴스에서 봤네."

"결국 끝난 거지. 이제 이 지역도 다시 일년 전으로 돌아갔네. 유골이 나오기 전, 동계올림픽이 경제를 일으켜줄 거라는 순수한 기대에 차 있던 그때로 말이야. 모든 게 평온해. 노인들도 다시 밭에 나가기 시작했지. 마을 곳곳에는 밤늦게까지 텔레비전 불빛이 들어와 있네."

"결국 선수촌 건물 하나만 남은 거지."

"그런 셈이지. 요즘은 나도 어디 여행이나 갈까 싶네."

"건강은 괜찮나?"

"그런 건 왜 묻나? 젊은 사람한테. 하긴 선수촌 건물이 완공됐을 때는 좀 허탈한 기분도 들더군. 허 참, 왜 내가 그걸 두고 허탈한 기분이 들어야 하는 거지? 어쨌든 허탈했네. 그게 마지막이었다는 말이지. 자네 말대로, 그 모든 일들의 결론은 그 건물의 완공이었단 말이네. 그게 좀 비참하더군. 이 지역에 돌아온 평화라는 게 위선 같다는 생각도 드네. 어쨌든 평화가 찾아왔다는 건 반길 일이지."

그는 끝내 시위에 대해 말하지 않았다.

그즈음에도 나는 여전히 아침에 일어나면 죽음을 떠올렸다. 늦가을에 접어들자 출근길 버스 창밖으로 내다보이는 풍경이 밤새 무언가 무너져내린 듯 허무했다. 날마다 죽음을 떠올리며 그 위에서 삶을 이어가는 나 자신이 여전히 혐오스럽기도 했다. 강주는 학원에 갔다 밤늦게 돌아와 쓰러져 자곤 했다. 그런 생활에 불만을 품지는 않았다. 나는 삶을 원했다. 내 인생에서 처음이었을 것이다.

퇴근하면 집에 돌아가 혼자 저녁을 지어 먹고, 학원에서 돌아오는 아이를 기다렸다. 적적하면 옆 동네 먼 곳까지 산책을 나가곤 했다. 그때도 죽음을 생각했다. 아내를 나무 그늘에 내려놓고 정신없이 뛰었을 때나 그 무더운 동남아시아의 여관에서 환영처럼 엿보았던 그 죽음이 아니라, 일상에 남아 있는 뚜렷한 실체로서의 죽음, 강주가 내 눈앞에서 희미하게 사라지는 것으로서의 그 죽음이 여전히 두려웠다.

밤새 가을비가 내린 날, 아침이 꽤 쌀쌀했다. 길가에 쌓여 있던 낙엽들이 비에 젖어 바닥에 지저분하게 달라붙어 있었다. 아침부터 유난히 아내가 떠올랐다. 죽음을 끝이라 생각했지만, 그날만은 아내가 어딘가에 남아 있다는 생각이 들었다. 전조였을 것이다. 영남이 어딘가에서 날 지켜보고 있었을 것이다. 억울한 영혼은 하늘로 올라가지 못하고 남아 사람들을 지켜본다고 했던 그의 말 그대로. 하루 내내 내게 말하고 있었을 것이다. 나를 격려했을 것이다.

퇴근 후에 강주를 기다리며 뉴스를 보고 있을 때 전화를 받았다. 들어본 적 있는 목소리였지만, 처음에는 그 목소리를 기억할 수 없었다. 영남의 마을에 사는 귀농 아낙이었다. 아낙은 연락처를 알 수 없어 연락이 늦었다며, 마냥 기다릴 수만은 없어 처리할 것은 먼저 처리해두었다고 했다.

"죄송해요. 연락이 늦어서······"

아낙은 울먹이며 전화를 끊었다. 어두운 창밖을 내다보고 있자니 어느 틈엔가 강주가 들어와 나를 바라보고 서 있었다.

아내를 나무 그늘에 두었을 때, 아내는 탈진해서 정신을 잃은 채였다. 나는 발을 뗄 수 없었다. 지평선을 향하는 태양이, 마치 그 일을 목격하겠다는 듯 나를 향해 뜨겁게 빛을 내리쬐었다. 그때 어땠던가? 아내와 딸 가운데 하나를 내 의지로 버려야 했던 그때에, 나는 생명, 그 감당할 수 없는 뜨거움에 짓눌려 숨을 쉴 수 없었다. 나는 뜨겁게 눈물을 흘렸다. 내 몸이 다 녹아버릴 만큼 뜨겁게 울었다.

남조선에 들어온 그 여름에 서울은 이상기온으로 인해 날마다 기록적으로 수은주를 경신했다. 그전에 태국의 여관방에서 나를 미치게 하던 그 지긋지긋한 더위, 습기와 싸웠던 터라, 그해 여름은 무더위만이 기억에 남아 있다. 가을에 아이를 학교에 보내고, 탈북자 모임에서 알게 된 선배의 아바이순대 가게에 점원으로 나갔다. 그때도 나는 내가 살아 있다는 사실을 실감할 수 없었다. 실감하기가 두려웠다. 나는, 발길을 돌릴 수 없어 서 있던 사막 그 자리에 남아 있었다.

첫해에 직장을 세군데 옮겨다닌 뒤, 가구공장에 들어가며 동남아시아인들의 거리로 이주했다. 그 거리에 먼저 살고 있던 두사람은 남조선으로 내려오며 식구를 잃었다는 점에서 나와 처지가 비슷했다. 둘은 강주와 나를 식구처럼 맞아주었다. 퇴근 뒤에는 어느 집에든 모여 밤늦게까지 떠들어대곤 했다. 그때가 내가 남조선에 내려와 그나마 행복이란 걸 맛본 짧은 기간이었다.

그 덕택에 나는 살 수 있었고, 강주를 키울 수 있었다. 하지만 우리는 모두, 살아 있다는 수치를 견디지 못했다. 수치를 견딜 수 있게 해준 것은 강주였다. 우리는 강주 앞에서는 부끄러워서 차마 죽음을 입에 담지 못했다.

아낙이 영남의 닭들을 데려다 키우고 있었다. 채소밭은 황폐했다. 채소 잎을 보며 삶을 소망했던 그였기에, 그 황폐함은 그가 없는 자리에 잘 어울렸다. 가을볕이, 곧 다시 폐가가 될 집의 툇마루로 내려왔다.

"가기 전에 신변을 다 정리해놓으셨나봐요. 연락처만 남겨놓았어도 좋았을 텐데. 화장 비용은 그분이 남긴 걸로 치렀어요. 아주 깔끔하게 정리해서 남겨놓으셨거든요, 봉투에 담아서."

나는 거듭 아낙에게 감사의 뜻을 표했다.

"골분은 안에 있어요. 그리고……"

아낙은 눈물을 훔치더니 주머니에서 편지를 꺼냈다.

"이건 선생님 앞으로 남겨놓은 거예요."

나는 편지를 받아들었다.

아낙이 내려가고 툇마루에 앉아, 가을볕이 내려오는 마당에 번진 그의 부재를 오랫동안 확인했다. 그의 모든 것이 그리웠다. 그 웃음소리가 그리웠다.

아낙의 말대로 뒤를 깨끗하게 정리해둔 터라, 방 안에 죽음의 흔적은 없었다. 그는 골분 단지 하나로 남아 있었다. 그 앞에서 나는 편지를 펼쳤다.

이런 편지를 받게 해서 뭐라 할 말이 없네. 그보다 우선 나는 두렵네. 바로 이 순간에도 두렵네. 내가 간 뒤에 남아 있을 자네와 강주 생각에 며칠 동안 잠을 자지 못했어. 미안하네. 자네한테 못할 짓을 하네. 하지만 지금 이 순간에 가장 분명한 목소리를 자네에게 남기네. 자네와 강주만은 무슨 일이 있더라도 명이 다할 때까지 살아주게.

여름에 자네와 애들이 가고 나서 많은 생각을 했네. 나 자신의 구원을 생각했네. 며칠 산속에도 들어가 있었지. 천막을 치고 며칠 밤을 거기서 보냈어. 숲한테 용서를 받고 싶었네. 날 용서해줄 건 숲밖에 없었어. 하지만 여전히 외로웠네. 누군가 있었으면 하고 바랐던 건 아니야. 난 외로워서 정당하네. 내 외로움이란 누군가 있다고 해소되는 건 아니지.

연극을 준비할 때도 사실 가슴 밑바닥에는 외로움이 있었네. 사람들은 외롭지 않네. 사람들은 동계올림픽을 유치하고 경제가 부흥하는 꿈을 꾸며 고독을 잊지. 그 꿈은 고독을 치유하네. 그 꿈을 그만두는 순간 고독을 느낄 걸세. 그래서 사람들은 고독을 무서워하는 거야. 그 안에 많은 죄들이 감추어져 있다는 걸 잘 알고 있는 거지. 난 고독이 두렵지는 않았네. 난 어차피 죄에서 달아날 수 없는 인간이었으니까.

난 고통을 느껴야 했네. 하지만 어느 순간에 이 세상에 고통을 원하는 자는 나 하나밖에 없다는 걸 알았네. 사람들은 꿈에 잠겨 평온했네. 나는 아내가 그리웠네. 그 사람을 만나고 싶었지만 만날 수야 없지. 먼저 가서 그 사람을 기다리기로 했네. 오해하지 마. 난 이 세상에 아무런 한이 없어. 내가 가는 건 식구들 때문만도 아니네. 난 본래 여기까지였을 거야. 그걸 받아들이기로 했네.

강주만은 외롭지 말아야 하네. 그게 나의 마지막 괴로움이네. 동백이가 자네에게 말했다고 했나? 자넨 강주가 있어서 살 수 있을 거라고. 그 말 꼭 명심하게. 오래 살아달라는 내 부탁 부디 잊지 말게. 마지막 죄를 짓고 가네. 잘 있게.

골분 몇줌을 강에 뿌리고 아이와 나는 강가에 앉았다. 늦가을 정취에 물든 임진강이 햇살에 반짝거렸다. 아이는 무릎을 세우고 앉아 조약돌을 만졌다.

"아저씨는 왜 죽었어요?"

아이는 고개를 숙인 채 말했다.

"사람은 언젠가 다 죽는 거잖아."

아이가 나를 원망스러운 눈으로 쳐다보았다. 그 눈에 눈물이 맺혀 있었다.

"왜 우린 다 이렇게 죽어야 돼요?"

그 말이 가슴속에 묻어두었던 고통을 불러일으켰다.

"아저씨를 원망하지 마. 아저씨는 최선을 다해 살았던 사람이다. 그리고 이렇게 죽는 건 아저씨가 마지막이다. 나는 절대로 그렇게 죽지 않는다. 너도 그렇게 죽지 않아. 나는 네가 고등학교를 졸업하고 결혼해서 아기를 낳는 것도 볼 거고 그 아기가 너만큼 크는 것도 볼 거다."

강주는 눈물을 흘렸다. 나는 일어나 남은 골분을 강물에 뿌렸다.

그렇다. 내일 아침 나는 다시 죽음을 의식하며 일어나 공장에 나갈 것이다. 거기에서 살기 위해 땀을 흘릴 것이고, 강주와 나를 모멸하는 것들과 싸울 것이다.

꿈에서는 이제 아내와 동백뿐 아니라 영남을 만나게 될지도 모르겠다. 나는 그것을 괴롭게 여기지 않을 것이다. 강주를 데리고 집과 거리, 학교와 공장을 오갈 것이고, 강주가 시험을 끝내면 여행이라도 떠날지 모르겠다.

그걸 두고 사람들은 내가 '새 생활'에 접어들었다고 할지도 모르겠다. 어쩌면 실제로 나는 새 생활에 접어들지도 모른다. 그것은 내가 남조선에 들어온 이후 처음 꾀하는 시도가 될 것이고, 강주에게는 첫 선물이 될지도 모르겠다. 동백과 영남은 그런 나를 격려할 것이다. 나의 새 생활이야말로 그들과 내가 그렇게 갈망하던 '삶'이기를 나는 간절히 바란다. 그리고 언젠가 그 생활 속에서 아내를 만난다면, 그때 나는 더이상 그녀에게 용서를 구하지 않을지도 모르겠다.

우리는 언제부터 우리 자신보다 이익을 우선했는가?

　내 아버지와 어머니는 분단 전에 함경도에서 내려와 이산가족이 되어, 젊은 시절을 전쟁과 전후의 고난 속에서 보냈다. 아버지 말에 따르면, 그때의 삶은 '초근목피로 연명한다'는 말이 과장이 아닐 만큼 인간에게 모멸감을 주는 것이었다고 한다. 그런 시절을 보낸 사람들이 무엇을 원했을지는 어렵지 않게 짐작할 수 있다. 그 세대는 기본적인 인간의 존엄을 지킬 수 있는 물질적 기반을 바랐을 것이고, 그 과정에서 자신의 존재를 희생한다 해도 감수했을 것이다. 그리고 그들은 원하던 바를 이루었다. 그것은 눈물겨운 싸움이었을 것이고, 후세대들에게도 자랑스러운 유산이 되어 자부심으로 남았다. 그들이 바랐듯, 후세대에게 인간의 존엄을 위협하는 가

난이란 늙은 아버지의 고리타분한 회고담에서나 들을 수 있는 것이 되었다.

나는 우리가 우리의 아버지 어머니에게 물었어야 한다고 생각한다. 당신들이 진정으로 바랐던 것이 무엇이었느냐고. 물질 그 자체였는지, 물질을 통해 되찾으려 했던 삶의 존귀함이었는지.

인간에게 전 세대의 삶은 신화처럼 남는다. 나 또한 내 아버지와 어머니의 삶 속에서 나 자신을 발견해야 했다. 나는 내 아버지 어머니에게서 어떤 신화를 발견했던가? 내게 그들은 물질을 위해 자기 존재마저 저버린 사람은 아니었다. 아니, 그럴지도 모른다. 사실 나는 알 수 없었다. 만약 그랬다면 나는 괴로웠을 것이다. 나는 그들이 무언가 필요했고, 그걸 위해서는 자신의 존재는 잠시 무시해도 좋다고 합의했을 거라 여겼다. 그것은 사실인가 아닌가? 이제 와서 그들에게 새삼스러운 질문을 던질 수는 없다. 우리에게 남은 신화가 무엇인지는 이제 우리 자신에게 물어야 한다.

왜 우리는 여전히 그토록 물질을 갈구하는가? 우리는 전 세대가 남긴 것이 인간적 삶의 기반이 아니라 물질 그 자체였다고 결론을 내렸던가? 결국 우리에게 남은 신화는 물질 그 자체였던가? 왜 우리는 전 세대와는 비교할 수 없을 만큼 넉넉한 삶을 누리면서도 자신과 자기 자식들에게 여전히 기능적인 삶을 요구하는가? 왜 우리는 전 세대가 구축한 인간적 삶의 바탕을 누리려 하지 않는가?

우리도 언젠가 다음 세대에게 세상을 물려줘야 한다. 그때 그들에게 우리는 너희들을 위해 우리 자신을 희생했다고 말할 것인가?

그것은 우리 자신에 대한 모욕이고, 전 세대가 물려준 삶의 조건을 방기했다는 걸 자인하는 것이다. 아무것도 우리 자신을 대신할 수 없음은 너무나 자명하다. 자식이 우리를 대신할 수 없고, 물질 또한 그러함은 두말할 나위가 없다. 다시 묻자면, 우리가 우리 자신을 다른 어느 것에도 내어주지 않는 것은 우리에게 남은 신화를 거역하는 것인가? 이십일 세기도 십여년이 흐른 이때에 나는 다시 해묵은 질문을 꺼낸다. 우리에게 남은 신화는 무엇인가? 우리는 진정 무엇을 바라는가?

2014년 4월

전수찬

수치

초판 1쇄 발행 • 2014년 4월 7일

지은이/전수찬
펴낸이/강일우
책임편집/윤자영
펴낸곳/(주)창비
등록/1986년 8월 5일 제85호
주소/413-120 경기도 파주시 회동길 184
전화/031-955-3333
팩시밀리/영업 031-955-3399 · 편집 031-955-3400
홈페이지/www.changbi.com
전자우편/lit@changbi.com

ISBN 978-89-364-3411-3 03810

* 이 책은 한국문화예술위원회의 2011년도 문예진흥기금의 지원을 받았습니다.